思慕的戲院

走讀兩川
映畫之景

著

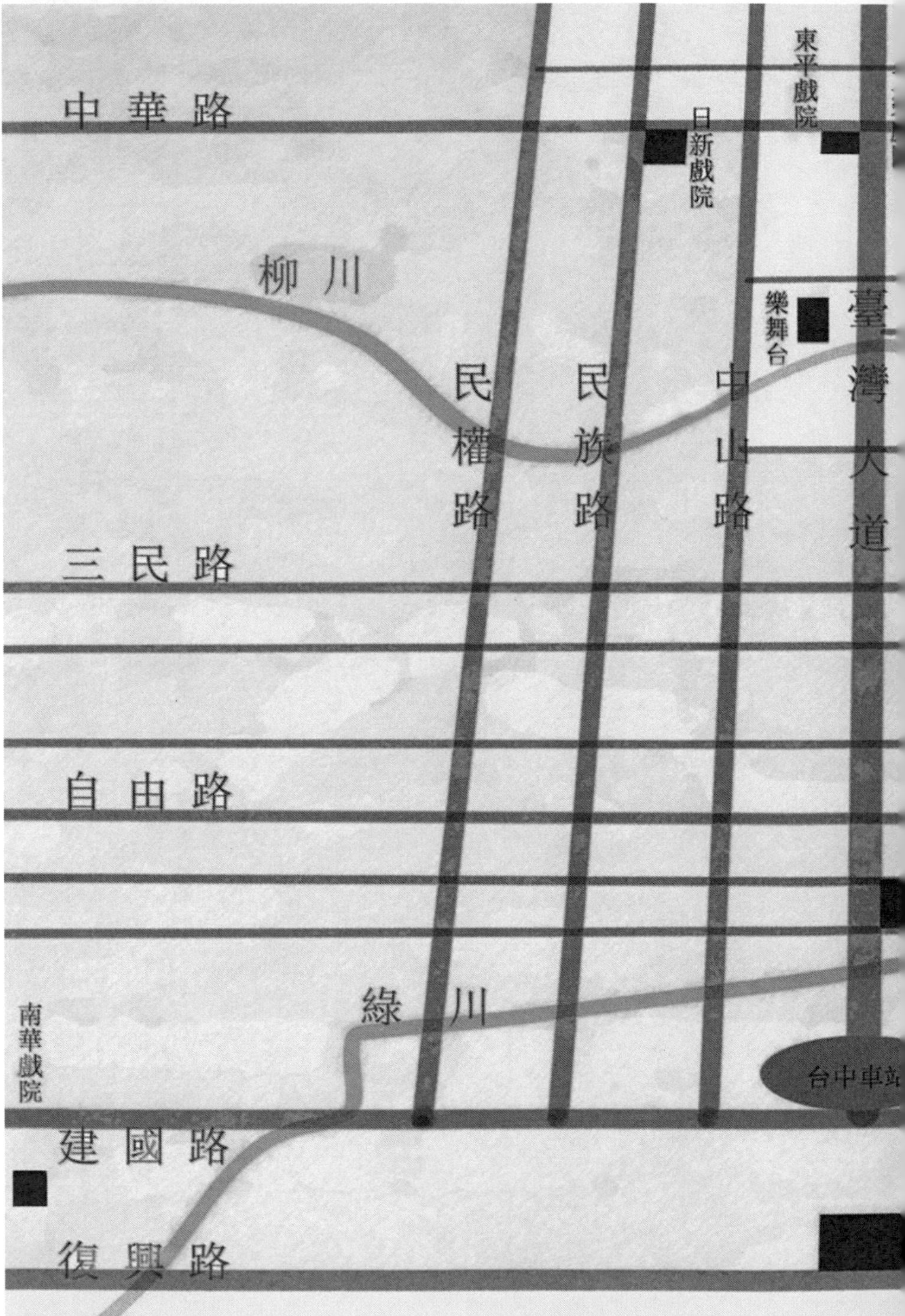
中華路
東平戲院
日新戲院
柳川
臺灣大道
樂舞台
民權路
民族路
中山路
三民路
自由路
綠川
南華戲院
台中車站
建國路
復興路

臺中電影院地圖

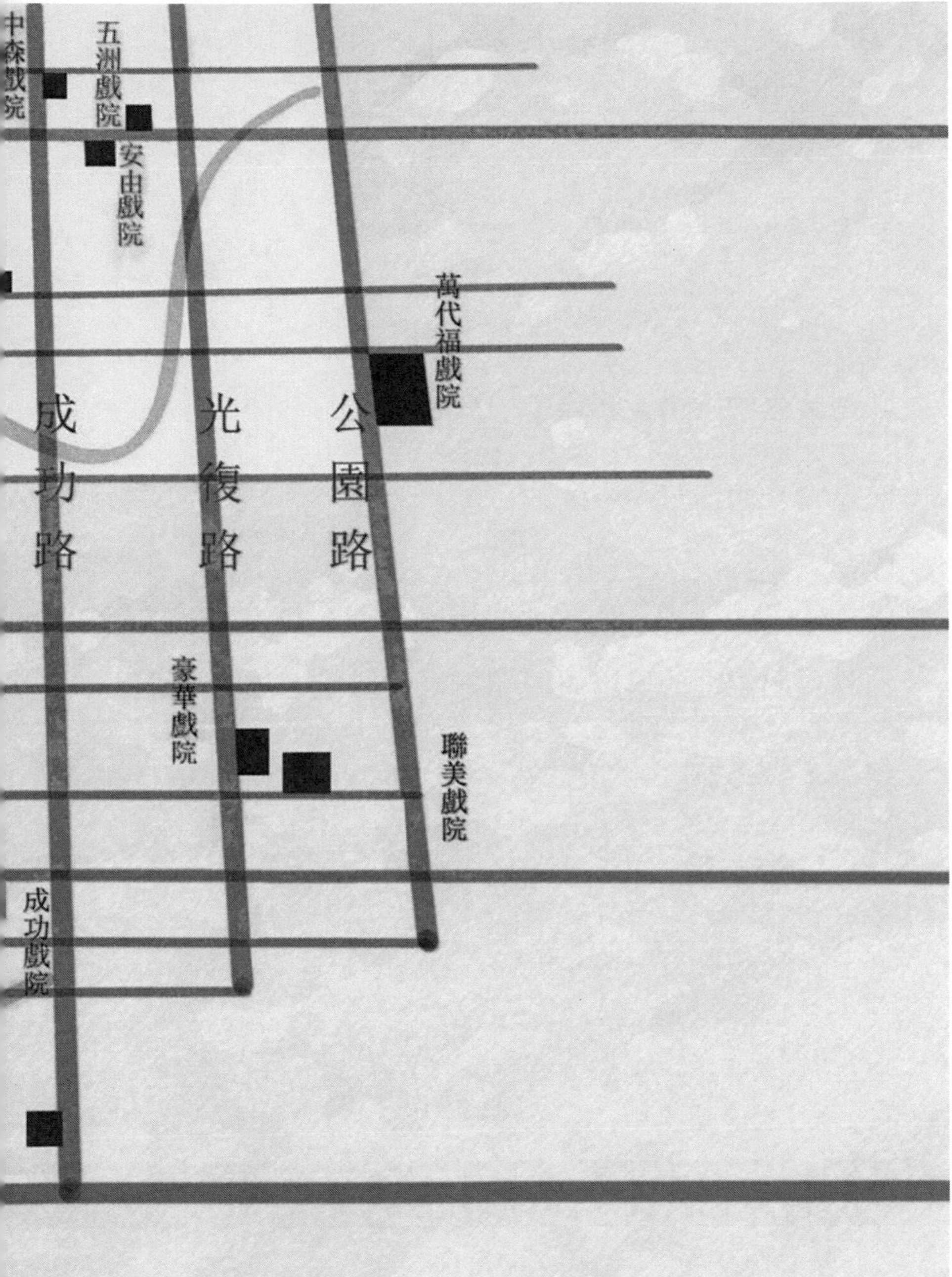
中森戲院
五洲戲院
安由戲院
萬代福戲院
成功路
光復路
公園路
豪華戲院
聯美戲院
成功戲院

兩川言葉

目次

雨川言葉

映画：臺中兩川城初印象

老家在港口邊，年幼的記憶僅僅是一條大排水溝。我對水圳、河川和溝渠的印象，都只是黑黑髒髒陷落在橋下的兩頭，盡頭在哪，源頭由來，彷彿從未存在。

來到臺中後，發現一座繁華的市區就像是穿著華麗旗袍的濃妝豔抹女子，直跨坐在兩座大排上，女子為何濃妝豔抹坐在破落的場景？明明當時大樓間的霓虹燈才剛閃爍，那個幼小讓睡意漸漸爬上眼簾的我，直被舅舅載著在城裡四處兜轉。眼睛一開一闔，為何是有些不再年輕的婦人徘徊，直讓臉上的妝也像是滿街五彩繽紛的燈光在閃……百貨公司、麵包店、冰淇淋店和各種高級商店明明才剛林立在當年那個臺中市區，有狹小的巷子，有老舊的閣樓，有歲月的招牌隱匿其中，似那些上了年紀婦人濃妝下的皺紋、斑點和時間不斷流洩而過的溝渠。總有一種感覺，臺中舊市區在那時便已經年老，隨著我的成長，濃妝豔抹的大樓更像是脫妝後的斑駁，衰頹在曾經華麗的市區之中。那種錯覺就像是，彷彿日本時代的鈴蘭燈還一直矗立在原地，煤氣燈始終吐著雲霧在大墩那座小丘上——實際很久以前就已經不存在了，早在二十世紀初的都市規劃下，大墩被掩蓋了面貌，年輕學子踩著自行車經過，才會隱約感受到地勢的起伏，越往臺中公園越高，越往西大墩的地勢越低。在幾乎看不見那個鈴蘭燈還矗立年代的景物，卻好像還是有什麼被留下，因此讓我感受到舊市區所經歷的時光，並不如我年幼當時所見的那般新穎。

在我能夠記憶綠川和柳川的年紀，舊市區曾發生過的回憶和景色，似乎更加迅速衰老得讓時空距離不斷延伸。我由二十世紀跨入二十一世紀，舊市區則似乎永遠停留在二十世紀甚至是十九世紀的氛圍，入夜後，仍有更加蒼老的婦人，臉龐畫滿許多顏色去裝飾那不僅是臉上的斑駁，連帶披上閃亮亮更加五顏六色的衣物去掩飾無止盡斑駁在血肉之軀，在她們斜靠的圍牆上，在她們所矗立的水泥路邊，直讓一旁仍閃著舊日霓虹光線的年老大樓，也透過車燈、路燈、磁磚和玻璃等反射的光線，去映滿她們四周以及她們本身。我因此常想起歌仔戲的演員，那臉上的濃妝能輔助敘述故事角色的背景、情緒和命運。那些畫濃妝的老婦人彷彿也在述說著什麼樣的故事，猶若臺中舊市區古老的演員般，持續演著，在一座曾經孕育臺灣電影開端的舊城區。

父母親約會看過的電影院，在綠川和柳川間。

收留過李天祿的老戲院，就位在柳川邊。

綠川邊最後一家電影院收攤前，我和朋友看了一場電影。

臺中火車舊站前小巷子裡的戲院，駐足過我與母親的年少。

舊市區殘存的電影院，最後都落腳在柳川。

我老是想起，那段被舅舅載著在舊市區兜轉的時光……那裡有豐中戲院、臺中戲院、成功戲院、東海戲院、聯美戲院、豪華戲院、萬代福、安由戲院、五洲戲院、中森戲院、森玉戲院、文樂戲院、東平戲院、樂舞臺等等，例外的一座劇場座落在臺中新火車站前，名叫天外天劇場，曾經是臺中櫟社的聚會場所，也是輪流演出歌仔戲、新劇和電影的西洋風格劇院。

愛看電影的我，沒趕上那些老戲院風光的年代，只到過落腳在霧峰北溝的臺影文化城。等真的能看懂一場電影的年紀，我在淪為二輪電影的老戲院末日裡，像是搭著舊日時光末班車的旅人，不知是剛駛進臺中舊城區，還是正在駛離一座位在綠川和柳川間的人造棋盤城市，那裡曾經是一座土丘，名為大墩的土地。

映象：一曲河川

臺中中區位在綠川和柳川之間，臺中舊城猶如一艘船，停泊在兩川。日本時代都市計畫後，以「中之島公園」，後來的臺中公園開始向外發展，所有娛樂場所和官舍都位在兩川之間，兩川之外是死地，是永遠無法回家的時代遊子最終落腳之處。兩川是生和死的界線，正如人生。

兩川之中的綠川起源於清代，那一泓由地下水湧出的乾淨水質，幾乎成為臺灣省城範圍內的核心命脈。跟綠川相比，柳川似乎盡量讓自己恬靜在每個時代，宛如無聲走過市街的小民，可能是進入城區買菜的，是為了販售物品的，隨著時間而走入城，在天黑的時刻出城往回家的方向行去……

日復一日，柳川淡然處之，守在自然形成的聚落與市場邊。

柳川屬烏溪水系，烏溪的名稱源於鳥類天堂，當史前人類小心翼翼由大肚溪上岸的那時，下游名為大肚溪的烏溪，就是一座充滿烏鴉的地域，很久以後才受到人為干擾與破壞，鳥的種類逐漸減少，卻還藏有鳳頭蒼鷹的身影在支流下游中。烏溪溪水源頭來自南投山上，一路往下沿途形成無數的沖積扇，最後由臺中龍井麗水里與彰化伸港全興村出海。就在麗水里附近，原本有一座天然港口可以抵禦海盜，名為水裡港。因應水裡港誕生的運輸港口，就是北梧棲港和南塗葛堀港。其中塗葛堀港的位置，也在麗水里的範圍內，它曾是中部最繁華的港口，主要外銷中部稻米、商業貿易和交通往返汕頭、廈門與福州，漸漸造就十九世紀和二十世紀初重要的港口聚落和市街神話。突然間，所有的故事嘎然而止於1912年大肚溪氾濫改道，塗葛堀一夜間被淹沒於如今的麗水漁港下，再無人知曉當年塗葛堀聚落確切的位置。

柳川也是舊旱溪的支流，舊旱溪曾是烏溪主要的支流之一。沿著溪水，原住民與平地人交易的古道出現，運輸用的鐵枝仔路也跟著出現，全繞著古老市集在一層覆蓋過一層的路基上走。

臺中城為什麼會出現？主要的轉變與航海脫不了關係，是烏溪建立了臺中城。

大肚山屏障著臺中盆地，經過高速公路往大肚山望去，紅色貧瘠的土壤像是紅磚砌成高聳的城牆，城牆下究竟有什麼樣的風景，要等到我創作完大肚王國議題，後去到瑞井村，才發現塗葛堀的故事。

塗葛堀又叫做土角窟，最早的記載始於乾隆年間，漲潮時水深一丈二尺，退潮時也有三公尺高，《彰化縣志》記載：光緒十一年，位於大肚溪末端的塗葛堀，港寬水深，約可容納大小帆船兩百多艘。

那樣大的港口卻沒有燈塔，往返兩岸間的船隻究竟要如何找到塗葛堀港靠岸？據說，瑞井國小東北邊附近原本有一棵古老大榕樹矗立至高點上，那老樹宛如燈塔般可以指引船隻，直入塗葛堀港。

老人家們說日本人還沒來之前，塗葛堀就已經是中部唯一物資集散港，吞吐貨物數量不亞於北淡水和南安平。日本人到達塗葛堀後，設立警察署、憲兵隊、郵局電報、陸軍補給廠、檢疫所、鹽務局和各項貨物檢查機關等等，富商因此聚集，市街上百業林立。

塗葛堀終究消失。我在附近的瑞井村遊蕩，像是一頭牛走在大肚山上。記憶裡，二十世紀末仍然有許多牛隻在大肚山上吃草。我沿著柏油路，靜默路過老舊低矮的平房，轉身所見的三合院會在幾年之後成為電視劇《花甲男孩》的拍攝場地，耳裡充斥著飛機的聲響，眼底有泛黃的汗衫晾曬在紅土上，低頭忽見到紅腹負蝗——我有多久沒想起蚱蜢就是蝗蟲——靜靜停在大肚山彷彿還沒有人渡海而來的時光。

瑞井村的龍井林家，起源於塗葛堀港的傭工，戴潮春事件時，龍井林家林永尚成為霧峰林家林文察得力部下，電影《阿罩霧風雲》裡的臺灣豪強自此從港口出發到大陸，協助平定太平天國。

塗葛堀港消失，梧棲港也跟著消失，現今的梧棲港在清水，是二戰末期開始持續到二十一世紀的建設。梧棲老街曾取代過塗葛堀成為繁華的市街，境內有三個古港口，由北至南，分別為南簡港、梧棲港和安良港，電影《陣頭》的拍攝地點之一也在梧棲老街中。

市場仍沿著水路擺攤，靜靜看著河道都成為陸路。

青春：生活與電影

為電影而生的那些人、那些事和那座城不能說的回憶。

生活一

人一生到底會度過多少日子，我祖母這一生有過三萬多天的歲月。她只看過廟邊的露天電影。風一吹，布幕上的人影就跟著變形，片子還會燒斷，畫面一亮後出現的白色一條線，緊接著是一個個拿自家板凳坐在布幕前方觀眾的哀號聲四起。我還不會講話的時候，就會跟著亂叫。祖母牽我回家的時候，所經過的穀倉和透天樓房，曾經都是戲院。

電影院為什麼叫做戲院？

我看過的電影，後來都比看過的布袋戲和歌仔戲還多。

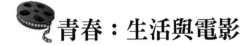

有人說：是露天電影讓老戲院走入歷史。

無論是電視臺還是野臺戲裡的布袋戲和歌仔戲，的確只佔了我目前人生的三分之一歲月。

電影院又是從何時起，成為臺灣主要的休閒娛樂場所？

電影一

她居住的城市，郵差不習慣騎腳踏車送信。

電影畫面中，到處都可以看到海，影像盡頭就像是沒有路，以為往下衝，一定會衝進海裡。

她的家鄉能跟電影《郵差》有關的地方，莫過於有座很小的戲院，裡面放映的，全是很久以前的黑白片和臺語片，終究拆掉了。

有人說過：有些影片，每一處都像是臨時戲院，拍完了，就會恢復原狀。

的確，到處都是空地，無論是城市還是鄉村，拆除了什麼，好像沒有了什麼，又彷彿開始要擁有什麼般。

她曾經問過一起看電影的同學說：「你讀過聶魯達的詩嗎？」

很多年後，她拿著租來的片子，也很想問自己，是否還記得聶魯達的詩。

望著郵差送信的電影，灰濛濛的海邊，總讓她想起故鄉。

她會掛上門簾，拉上窗簾，絲毫不給亮光一個機會。她慣性將錄影帶，推進放影機中，一切都不需要眼睛，四周全是黑。她抓著一早就先找好的遙控器，隨興躺坐在沙發上，熟悉操作起，不需要再用眼睛監視起的一切。

海浪、海岸，她彷彿聽著潮聲，在心裡面。

生活二

老家附近還有大型防空洞的存在，祖厝後的臨時防空洞，則早成為小菜園。那時候還不知道會有戰爭四起，臺中的交通建設全擠在南區的復興路段上，彷彿是舟筏能行的水路，直從鹿港沿大肚溪進入臺中盆地的那個年代。

復興路第三市場的長春社區，曾有過第一代的臺中招魂社，那地域就位在如今的臺中酒廠。臺中招魂所離開之後，那裡後來也設了神社。公路局所長官舍也在那附近，原本的第一座都市示範公園也曾計畫在長春社區。

臺中不只有港口，有水運，有公路，鐵路的興建再次成就了臺中城的出現。劉銘傳離臺多久，直到1905年臺中車站動工，鐵路把建設帶進臺中的城中城，自此臺中各區的樣貌大致抵定。那講究風水的配置般，讓河川和森林依然留在這城的東邊，因此設置第一示範公園在舊時林家花園的瑞軒，也就是現今的臺中公園前身，西邊主要為政府機關，南邊依然負責運輸，直讓鐵路沿著南區走。

中區的中正路（今臺灣大道）是日本人居住、飲食和娛樂的主要道路，商店街則落在中山路（鈴蘭通）上，彷彿是兩個不一樣的世界，1902年出現的臺中座，是日本人光顧的娛樂場所，見證起中區中正路開始擔負臺中城最重要道路的命運。

電影二

時空倒轉，在古厝裡，安安靜靜睡著的古董旁邊，總是有些營造氛圍的煙。薰香用的、畫面處理用的，小小的一圈圈迴舞著。有時是大大的一片，實在讓人很難不去注意到，那煙。

就是很難不去注意有煙的畫面，尤其是水煙，咕隆、咕隆，聲音總是被放大得離奇。還有線香的裊裊白煙，直在黑夜裡，搖曳白色拖痕，飄呀飄的，時間都變慢了。

她說不清楚自己是何年迷上了電影，什麼都不用說，那戲裡的人彷彿都說了。攪動著看戲的心情、演戲的神韻、眉頭間彼此深鎖……歲月流去，人生早已白髮，她彷彿活了好幾輩子，他又活了幾次人生，散戲後，仍見影片中的光，是一根蠟燭、一盞紅燈籠、一道煙影，以及她一人或他一人的腳步。

煙因此成為霧一般，成為水氣縈繞在她還是他的記憶底。就是那樣愛上有煙的畫面。此後，一直愛看那片子裡頭的煙。溫玉軟香的床邊，有一根大煙點著。柴房裡生著火，裊裊炊煙。老人家插上祖先爐裡的香，煙才正要升起。亂事後的白煙，大片大片由左帶到右。就是很單純愛上煙，愛上那水氣瀰漫的白，也可以說是愛戀著彷彿真有過什麼人在身邊的感覺——只是離去了。

白煙有種讓人耐得住寂寞的想法。當在電影中，相遇白煙的場景，她還是他總感覺自己是在期盼。

生活三

看著布袋戲活過我懵懂的幼年，童年大部分的時光則是在歌仔戲戲臺下和電視劇中度過，直到電影真切進入到我的人生，那過程好似侯孝賢導演的《戲夢人生》。

臺中電影發展也如同《戲夢人生》所講述的李天祿故事，從真人表演歌舞、雜耍、戲劇，到歌仔戲輝煌的歲月，又歷經了歌仔戲與電影之間的淵源，直到臺語電影沒落，臺灣的電影又走向另一波的發展。1961年中影離開臺中，臺中那打從二十世紀初便開始作的電影夢，不得不甦醒在那些還留駐臺中的戲院。

戲夢人生裡，李天祿以布袋戲魂融入歌仔戲戲曲，因而曾駐足臺中樂舞臺，許多年後電影演出李天祿的故事。

有別於日本人光顧綠川邊的臺中座，柳川邊的樂舞臺是為了平民而演出。

電影三

有些場景的歲月，比人的一生都還長。他不愛霉味，有一陣子卻一直想聞聞看。尤其是片中，那些城堡裡的濕氣。觀賞著影片，每當城堡出現，他便伸長鼻子一直嗅著。

她沒有作聲，一樣看著她的電影，去注視異國城市的夜景，樹上點滿黃色的燈泡，就像是金色的星星。

那是部很長的片子，跨了好幾個世紀。看到不同時期的裝扮，卻是同樣的三張面孔。主角穿梭著彼此的回憶，有城堡派對、木房裡窮困人民、一間有意思的酒吧和一棟有歷史的旅館，始終是昏黃與靛黑籠罩全劇。

早已逝去的生命並非算是永恆，始終持續的不過就是記憶。

電影播畢。她和他走出彼此當時都不知道即將歇業的戲院。回頭，老舊大樓裡的戲院對照一旁百年公園的光亮，她和他卻全像是片中主角吸血鬼們，一樣畏光。

流れ：
記憶裡的異境與流轉－臺中戲院

第一市場－綠川－北屋百貨－臺中戲院－吉本洋品行－第一市場－第一廣場－龍心百貨－誠品龍心商場－東協廣場－臺灣大道

清代方志有謂：凡有市肆者皆曰街……郊野之民，群居萃處者，曰村莊，又曰草地。

一

好多年前，我是個從草地走進內城的孩子，映入眼簾的第一市場，就位在綠川旁邊，有建築物也有棚子，更多是人群圍繞在市場內外，我總是坐在機車上等，等我祖父從第一市場買菜出來。中正路（今臺灣大道）那時看起來很寬，綠川的水則很細，彷彿沒有流動般，一落黑漆漆的陰影。還未上幼稚園的我，根本分不出綠川裡的烏黑究竟是水、垃圾還是髒污，緩緩流動而過的印象，不過是光影在閃，一道很慢很慢動作著，相對於河岸旁的攤位，那快速包裝食物的動作，反而更像是潺潺不絕的泉水。

我在人車聚攏流動成晶亮亮水路般的邊陲地帶，踢著兩隻小胖腿坐在機車上，怎麼都沒有印象過第一市場旁的北屋百貨。那時的北屋百貨早已是空城廢墟般，也許如此而成為我意識裡的某種空白，彷彿並不存在。只是一大塊的空地，灰灰髒髒的空地猶若第一市場裡沒有營業的攤位，蓋上灰灰髒髒的布，人車就像是溪水從那空攤位流過，誰也沒有停駐過腳步，去細想那市場般的巨大建築為什麼會出現。熙熙攘攘，第一市場則宛如是綠川的土岸、殘埠、沼澤和擱淺的泥淖，更好似一艘巨大的船隻停泊在綠川，早已忘了返航的道路。

那時，水好像都不見了，船還坐落在泥濘中，兩旁建築物延伸的木造小屋子整齊掛在綠川上，又是一天繼續忙得不可開交的生活。

二

曾經有一個女孩大我六歲，我喚她作姊姊。她家也在第一市場買菜，她有一天回家跟我說起，那艘船不見的事情。我那時並不知道什麼是不見，我只知道我祖父不能再去第一市場買菜了，我家有過很長一段時間並不需要進城，家附近也有街，有街就會有原本村落裡的市場，我祖父忍耐著在家附近的老市場買菜。

那位姊姊放學回家，就會找我去她家玩，她說第一市場被火燒掉了。她還說她以前去過北屋百貨逛街，她說北屋百貨就是百貨公司，裡面有一座臺中戲院，其實只有兩座電影廳，分別叫做「自強廳」與「行健廳」。她母親告訴過她，臺中戲院以前最常演的是，她父親的故事。

在那姊姊家附近住過的短短幾年時光中，我只看過那姊姊的父親一、兩次，感覺是很高大的一個人，幾乎就快要比我家前院種植的柏樹還要高。我母親跟我說過，那姊姊的父親是保家衛國的軍人。

我還知道另外一位軍人，他長年都在梨山上種水果，他也長得很高大，幾乎每次見面就像是巨人在跟我這個小短腿說話，至於他說過些什麼，我無論多麼努力張開耳朵去聽，仍舊一句也聽不懂，我母親跟我說過，我姨丈說的是山東話。

那位姊姊偶爾會約我到家附近的某某新村，那裡有她父親朋友的小孩，也是她的朋友，她說眷村會放電影，就跟我在廟邊看的露天電影一樣，用大大白色的布幕投影出電影，風一吹，主角們各個瞬間變胖變瘦還扭曲。

後來，不管是廟還是眷村，都出現了戲臺，戲臺可以放電影，也能請歌仔戲團表演。當歌仔戲團演出的時候，全家大小都會出動，烤香腸和賣蚵嗲的攤位也會出現，不像放電影的時候，多半都是一大群孩子坐在自家的板凳上，靠路邊的攤位永遠是糖絲捲成的棉花糖、糖葫蘆和叭噗叭噗冰淇淋。

我還記得最後一次看露天電影，是在一家宮廟附近，位於舊水道裡那湫隘狹小的巷弄盡頭，擠入了無數的小孩，有人坐在正面，有人坐在背面，無論坐在哪裡都能看見那電影，在風中搖啊搖。

坐在一旁的那位姊姊，她看著看著，突然就對我說：「我長大之後，想當電影明星。」

三

我再度搬家的時候，我家附近也有另一個姊姊，一樣大我六歲，剪著俏麗的短髮，她說她想當歌星。

那位姊姊的家中好像有五、六個姊妹，我不知道那位姊姊排行老幾，只記得她的名字裡有個香字。

香姊姊也會帶我到她朋友家玩，其中一位她的朋友，也是個剪著遮齊耳朵長度的短髮姊姊，短髮姊姊的皮膚白嫩得就像是高山上的水蜜桃，而短髮姊姊的外婆更是長得特別，就連穿著也特別。每當我和香姊姊去找短髮姊姊玩時，就必須先在客廳跟短髮姊姊的外婆請安。當我低頭又抬頭時，只見那美麗到根本不像是祖母那般年紀的老人家，揮動一雙幾乎跟嬰兒細嫩的手，要我們跪安的那瞬間，我真覺得那老人家應該就是王母娘娘，是媽祖婆，是觀世音菩薩，是佛祖之類的，仔細再瞧那老人家的臉龐，無一處不閃動珍珠般的光彩。我低頭一看自己越曬越黑的肌膚，和滿頭大汗淋在身上的窘迫模樣，對比著抬頭那一望，老人家粉亮細緻的五官都像是仕女圖的長相，一彎細細的黛青眉毛和一點紅唇在臉龐，連著一襲佈滿珠繡的上衣和長裙，就如同瓷器般精美高貴，安放在一把骨董木椅上。我則像是一個泥捏娃娃，頭低得不能再低，身子軟弱到就快要趴上地板般，既畏懼又恭敬，慢慢退出短髮姊姊家的客廳，進入短髮姊姊的房間。

我問過香姊姊說：短髮姊姊的外婆是古代人嗎？

香姊姊回答我說：短髮姊姊的外婆是清朝人，是貴族。

我那時根本搞不清楚短髮姊姊的外婆為什麼是清朝人。事後想想，我祖父也是在明治年間出生，他不是貴族，他只是一名父親早逝的可憐幼兒。

我祖父總拿著收音機在聽戲，短髮姊姊的外婆則習慣出門去看戲。

我伯公說：日本人引進了蓄音器，當時很多人都開始聽音樂。

短髮姊姊的外婆說：從清朝時代起，廟前面就有簡易戲臺讓地方戲劇團演出，也有「寄席」的說唱藝術。

短髮姊姊也喜歡音樂，她聽外國團體演出。

香姊姊則是什麼都會唱，她懂蘇三起解，也會歌仔戲七字調，還會唱民歌與臺語歌，也會一個人亂編，亂哼，亂唱。

就在我和香姊姊成長的那段歲月，歌仔戲蓬勃上了電視劇，廟邊早就只剩下布袋戲還在演。

四

我看過電視上的布袋戲，也看過露天的布袋戲，有人說一年又一年過去，廟邊的布袋戲都像是敷衍神明的裝置，並不是戲劇。我祖父的收音機裡，有布袋戲也有歌仔戲，有說唱藝術也有唱歌表演，我祖父總是走到哪聽到哪，偶爾也跟著哼幾句。當我又從外邊玩得一身髒回到家，我祖父總會對我說：「毋通趴趴走（不要亂跑）。」

我每每都回應我祖父說：「不要去外面玩，那要玩什麼。」

我祖父把收音機轉得更大聲，然後對我說：「聽講古。」

我總是搖頭，邊說邊離開。「那又不是真的歷史。」

遠遠，我會看見我祖父一個人喃喃，有時候能聽得到收音機的聲音，有時候只有吵雜的電子音傳過。我祖父就那樣聽著說著，漸漸就在屋外的藤椅上半夢半醒。我因此會躡手躡腳跑過去，聽他說什麼，也問過他什麼。

「亦是真人唱的恰好聽（還是真人唱的比較好聽）。」我祖父說。

「什麼人唱的？」我問。

「藝旦唱的曲，好聽。」我祖父答。

「哪裡的藝旦？」我問。

「酒樓的藝旦。」我祖父答。

然後，我摀著嘴，趕緊笑著走開。

我祖母就會去喊醒我祖父，然後把他痛罵一頓。

藝旦是什麼？年幼的我根本不知道。單純看過照片在文史工作室裡，全是古人物畫一般的細長眼睛和眉毛，神情裡老透著淡淡的憂慮，卻又有堅毅的表情。

我祖父說過：附近的南管是以前最好的娛樂，逢年過節就會有梨園子弟表演，後來談生意都去了酒家，藝旦就在那些地方唱很好聽的歌曲，直像是一齣齣精采的表演。

五

我母親說：她小時候最好的娛樂，便是去看馬戲團演出。

我外公說過：他小時候最好的娛樂，則是看白字布袋戲，後來都成為了北管布袋戲。

我老家附近有南管團，傳說還曾到過北京，在康熙面前表演，因此被賜了獅虎座墊腳演出。

我外公說中部北管的由來是因為福州戲，他說那時候學戲的人，什麼都要會，要學布袋戲、歌仔戲、南管、北管、京戲等等，不只是音樂，更重要的是戲劇的風格。

長大之後，我才知道南管是文戲，講的是人情事理。我從小在廟邊長大，聽的是文鼓。我外公長大的廟邊，演奏的則是武鼓。我一直很害怕武鼓，那節奏彷彿時時都要喚出戰爭的驚心動魄。

中部素有許多客家村莊，在1898年到1900年間，流行過採茶戲，以童音唱出綿綿情意迴繞山林的模樣，又演又唱的，成為平民最大消遣。

根據資料統計，臺灣地區的娛樂支出，要到1920年後才有數據。

我那十九世紀出生的伯公，還記得他小時候，有許多戲班到處跑團演出的故事。

六

根據文獻資料，娛樂包含著：旅行、觀賞和玩具。

日本人剛來的時候，布袋戲在他們眼中，大部分用於節慶表演，多半以鍾馗木偶在廟前，也在法會間。

1896年開始，他們推廣音樂，也帶入西洋鏡，播了愛迪生式的電影，然後是盧米埃兄弟的電影，也放日本人拍攝的電影。

當時，廣東人也成為大稻埕電影的放映師。

電影的生意究竟好不好經營？從遠方到達臺灣，然後想辦法在臺灣生活下去，應該是一段很苦的旅程。大多數人仍在為生計煩憂，卻還是有許多人渡船而來。臺中那時候有許多市街，省城始終沒有完工，臺中招魂所卻已設置，有公路局，鐵路尚在構思……日本人把墓地設在柳川附近，是在後來的城內，本地人的墓地則持續在中華路夜市外的地域，那裡是一片竹林和水澤，曾經是鳥類的天堂。

高松豐次郎1901年到達臺灣，主要經營戲劇、電影和有旋轉舞臺的劇場。他收過徒弟，還投資八間劇場，分別為基隆座、朝日座、竹塹俱樂部、臺中座、嘉義座，臺南南座和打狗座。當時看戲的價格，大約都在十錢以上，做的幾乎都是日本人的生意，表演者則大部分是本地人。

高松豐次郎還開了學校，專門教授臺灣正劇，學習表演的地方叫做臺灣正劇練習所，後來組織為臺灣同仁社，還成為臺灣演藝社，他因此身兼經營者、教師同時也是經紀人，帶領著一群少女，一邊表演一邊學習奇技和魔術。

類似雜耍團的演出總讓我想起我母親說過，她童年愛看的馬戲團表演，那份喜愛或許是因為神奇與新鮮。

高松豐次郎創造過演藝社的奇蹟，然而不管是戲劇、雜耍、魔術還是馬戲團等等的表演，觀眾需要的，仍然是新鮮和神奇。無論確切離臺的原因為何，高松豐次郎是在1913年離臺，只留下徒弟繼續帶領臺灣演藝社，在全臺八間劇場演出。

七

我舅公會說日語，他不是日本人。1896年到1900年的劇場專門為日本人服務，是提供集會和娛樂的場所，一直到1901年，新竹廳政府舉辦了第一次官辦的電影放映會，內容為八國聯軍，民眾才開始接觸電影。接著臺灣人在街頭開始播映電影。高松豐次郎開拍臺灣首部紀錄片，記載下臺灣當年的實況，時間距離《看見臺灣》上映，相差了一百零六年。

那時的臺灣究竟是什麼模樣？依照1923年日本裕仁皇太子坐在汽車內繞過臺中中區的照片，臺中火車站孤零零在空曠的地域，彷彿那裡是草地，是城外，僅有一座宮殿矗立，那便是臺中二代車站。而臺中一代車站，僅僅被稱為是臺中停車場，原是一棟木造建築。

「那附近都是木屋。」我舅公說。

他是個勤奮的人，務過農，當過軍人，戰後便一直在工廠上班，他沒有結婚，沒有孩子，一個人住在已經不是木屋的房子裡，偶爾會喝酒，喝完酒的時候就會哭泣，他還會唱日本時代的軍歌，他經常都被鄰居罵三字經，他還是一直唱一直哭，就在我外婆娘家祖厝增建的鐵皮屋建物內。我舅公是我外婆的堂弟。我舅公晚年的時候，他曾在我住過的某座公寓，當過公寓管理員。他一直都是個很認真工作的人，會主動清理公寓的魚池，會跟鄰居噓寒問暖，也會幫忙照顧暫時獨自留在家中的小孩們。我印象中，他是個慈祥和藹的老爺爺，會說很多故事給公寓的小孩們聽，也會鼓勵小孩要用功讀書，他如果知道誰考了第一名，還會送棒棒糖給考第一名的小孩吃，他總是面帶微笑努力工作，以致於我都忘了，他曾經受過什麼樣的傷。

我舅公不曾跟我提起，戰爭當時是怎麼一回事，他又為什麼會離開家鄉。

他只是偶爾提起：「以前都是草厝仔。」

他說起從前回憶時，眼睛會瞇得很小，彷彿想看清楚什麼，卻什麼都看不清楚的模樣，他喃喃說著：「市區才有木屋，有錢人家才有磚仔厝……」

他出生的年代，是臺中座早就設立的年代，一棟木造兩層樓建築就位在綠川邊，當時還沒有吉本洋品店，第一市場的前身已經出現，那是當時政府開設的第一座現代化地方消費市場，全都是木造建築，要等到1918年第一市場的建物連同櫻橋通的簡易賣店才會出現，那時大部分的街屋都已經不是純然木造的，紅磚成為店面一樓必要也是裝置藝術。櫻橋通就是中正路（今臺灣大道），綠川上的櫻橋曾是中區最美的橋樑，如今櫻橋早淹沒在中正路（今臺灣大道）戰後的橋樑下，只剩下中山路的新盛橋，還保有最初臺中城改正後的面貌，鈴蘭仍小巧垂掛在新盛橋上。

我舅公懂事的時候，臺中座已遷建，成為能容納一千三百多人的豪華大戲院。後來第一市場和臺中座中間多了吉本洋品店，是臺中最早最具規模的百貨公司。

他偶爾會回憶起1916年的中部地震，有些市街是因為地震而重新建造，有些是因為交通因素而改建。他跟著家裡的長輩到第一市場，走過中區那一棟棟彷彿從土裡長成大樹般的美麗建築群時，總會頭低低快步經過臺中座，他說，從那裡走出來的人都穿著貴族富豪般的西裝。

「那裡面還有大人（日本警察）。」他說。

我舅公習慣看著火車站的位置，除了火車站像護城河聳立外，那河以外的地帶，彷彿只有草地和遠遠一座又一座的山。

我舅公當過軍人。

他噤聲不語的時候，眼神會變得很可怕。

我父親看過幾次，每每都叫我舅公早點回家休息。

我問我父親，為什麼一直笑著的舅公，突然會變成另外一個人。

我父親只是輕描淡寫說著：「舅公打過仗，他的腦子受過傷。」

我舅公偶爾會突然跟我說起，他喜歡過一個小姐，在遙遠的某座島上。

他說那個小姐說什麼，他好像都聽的懂，但其實不應該聽懂的，他說那是心有靈犀，那個小姐救過他，他說電視裡的明星都比不上他記憶中的那個小姐，他說他沒想過要再見那個小姐，只因為也沒想過自己會活那麼多歲。

他的眼睛瞬間又瞇起來，目光落在很遙遠的地方，我只看見當時我家附近前方被一座大公寓擋下，在更遠的地方都是草地，也有農田，還有河流，流過火葬場旁邊。我舅公那時還是一直望著遠方，以他那長得個頭算是那年代較高的身型，去拼命拉長自己的脖子，去搖晃他那頭方方大大像是神童團偶像的頭套，去張開他那有點寬的嘴，然後輕輕吸起他那像刀又像山的鼻子，把耳朵張開像網如同是三星堆面具般的外星人，厚沉眼皮而細長的眼睛還是望了又望。多年後，我曾經在苗栗看過類似的面貌，對方是一名賽夏族的朋友。

我舅公會說日語，也會說我聽不懂的話。他卻說那位小姐能大致理解他的語言——他莫名在驚慌的時候就說出去的語言，那時……他終於又笑了。他對我說起，那是他母親的母語，他根本不知道是哪一種語言。

戰爭的回憶在我舅公的平常生活裡，是一種空白。有時候他會不記得那幾年的事情，有時候會忘記自己幾歲，有時候又會以為自己還生活在某段時光中——終戰前一年，員林藝能挺進隊在臺中座表演愛國話劇，因該隊當時剛得到全島比賽冠軍。那時候學生也能進入臺中座，不再只有穿西裝的人才能進出。

我舅公最後一次跟我說起他自己的故事時，只說他愛的小姐很美，歌聲也很動人，那小姐的家在遙遠的某座島上……他那天夜裡喝了酒，在老聚落的巷子口，就在溪邊感覺像是古渡船頭的位置——他母親的遠祖可能是很久以前沿著溪水進入的史前人類，他母親的祖先可能是翻山越嶺而下，也可能是由南往北移動再度移往中部的南島語族——我舅公坐在曾經是交通要道的溪邊，莫名就唱起日本時代軍歌，一首一首都是我耳熟能詳的臺語歌，是望春風，也有雨夜花。

拿酒瓶把我舅公打傷的人，在警察局說：我舅公當時說的是日語，還一直喊萬歲萬歲，他氣不過才會打傷我舅公。

我舅公明明是一個很勤奮的人，但是從那次受傷後，他就一直睡覺，一直睡。他在睡夢中，悄悄離開了臺中，再也沒有辦法回家。

八

她小時候並不知道什麼是演員，在上海，大部分的人還是以傳統戲劇表演為主。電影是一部機器，拍一群人唱歌，或者是為了慶祝某事，然後讓一群人在那部機器前走來走去。她想過當演員嗎？在臺灣，有些藝旦可以演戲，演的就是女戲。她不是藝旦，是歌女，擅長抒情女高音。在臺灣藝旦就是歌女。她穿著高貴的旗袍，梳西洋人的髮型，唱的是字正腔圓的中文歌，她也會說日語，在上海誰也說不清她是中國人還是日本人。她曾經是歌手，後來成為電影演員。1937年滿州映畫協會成立，她因此成了家喻戶曉的明星。1939年臺灣人自組的臺灣映畫株式會社跟隨臺灣映畫協會的腳步成立。臺灣的戲院在那時，已經是城市民眾的主要娛樂，用少少的錢在穩定發展的社會裡，追尋一名世紀寵兒的腳步，臺灣各城市的民眾也為她而瘋狂。

她在1940年代就曾在臺中座公演。那時的戲院都有鐵門，裡頭的座位卻大部分是榻榻米或是木頭板凳，戲院的建物則有兩種，一種是水泥和木頭，另一種則全是木造。她在拱圓形的臺中座表演，那時臺中中區的一福堂老餅店，已經營業了十幾年。

她就是李香蘭，二十一世紀的人或許只能從張學友的歌曲〈李香蘭〉（粵語版）和〈秋意濃〉（同一首曲不同歌詞），去認識李香蘭。

她在1943年到達臺灣演出日本愛國電影《莎韻之鐘》。

那是她最不賣座的電影。

而她最讓人熟悉的，莫過於她唱紅的名曲〈夜來香〉。

她從二十世紀活到二十一世紀。

她彷彿是為了那時代而孕育的明星，戰爭終於結束，明星李香蘭也跟著徹底消失，大鷹淑子的名字使她重新成為了自己。

九

臺灣電影起源於巡迴放映，跟我母親愛看的馬戲團一樣。每次播出的是不同片子，總能帶給觀眾，奇異的新鮮和神祕。

林獻堂、蔣渭水和蔡培火等人創立的臺灣文化協會，在1924年成立活動寫真部，又在1925年成立美臺團（電影隊），訓練一組三人放映團隊，一人掌管機器播放默劇，兩人負責解說劇情（稱為辯士），那個年代的電影還無法加入聲音，辯士可以解說劇情，也可以用臺語說日本人聽不懂的臺詞，常惹得民眾捧腹大笑，卻往往使日本政府禁止辯士登臺。

1927年美臺團因為內部歧見而分裂，美臺團最後把影片和器材留在臺南，二戰末期遭美軍飛機炸燬。

美臺團當時的票價僅有兩錢或五錢（日本時代初期臺灣人低所得戶每日收入在四十錢到五十錢間），很吸引貧窮人家進戲院看電影消遣。

《紫色大稻埕》裡的戲劇表演和當時臺灣人的電影放映團，有著異曲同工之妙。

我母親應徵過廣播電臺的歌星，她當過一陣子的歌手，在臺中巡迴表演。至於臺灣流行歌的起源，也跟電影有關，阮玲玉主演的《桃花泣血記》配了樂，有曲也有詞，形成皇民化運動時期，流行歌盛行的原因之一。

1910年後的現代化腳步相當快，後來臺灣有了機場，影片可以空運來臺，讓電影放映更加蓬勃發展。1941年成立的臺灣映畫協會，戰後是臺灣製片廠，跟臺中座的命運息息相關，後來成為霧峰臺影文化城。

我母親那時常常表演臺語歌。臺語片曾經興盛中區戲院，卻漸漸走入窮途末路。我母親也告別歌手的身分，暫時離開了臺中。

十

他在1913年誕生於臺中。他被臺中一中開除後，去到了上海，他後來成為演員，致力在愛國電影事業。他出演的是當代人生，是戰前時光，是戰爭歲月的悲歡離合。戰後，他成為地方戲劇團的導演，卻也開始了他一生最黑暗的命運。當戰爭大致已結束，他卻還生活在戰爭的陰影下，戲劇著十一年的光陰。他後來仍然從事文化工作，電影是他的文化，電影是他的生命，電影給了他一生，電影卻沒能帶他返家。

他導演的《東亞之光》，演員全是請日本戰俘現身說法。

他拍攝的《花蓮港》和多部電影，把臺灣和電影緊緊栓在一塊，直到二十世紀末。

他是何非光導演。李行導演與臺灣電影資料館曾致力協助晚年的何非光導演回家。他終其一生，沒有再踏上過臺中的土地。

十一

他在1918年的東北出生。曾經以十二輛卡車把中國電影製片廠裡的青春，運抵了高雄港。

那不是他第一次到達臺灣。

他見的第一個臺灣導演，就是何非光。

他在1947年到過臺中霧峰協助何非光導演拍攝《花蓮港》。臺中在那時代，漸漸成了許多電影的拍攝場景，無論說的是北中南東各地的故事，因應地緣與環境，多半落腳在臺中取景。

1949年後，臺灣有兩個製片廠，他帶領的中製廠落腳臺中，與臺中農教公司開拍教育電影。原本在淡水的臺灣映畫協會與臺灣報導寫真協會合併的臺灣省電影攝製廠（臺灣製片廠），要到1974年才會遷到臺中霧峰。

他是演員王玨，他為電影也貢獻了一生。

十二

戰後，百業待興的年代，電影成為最好的教育工具，臺中農教公司因此跟臺灣電影事業公司合併為中央電影公司，也就是中影，臺中城因此成為電影公司，還化身製片廠，又是電影場景，從此熱熱鬧鬧起臺中的電影史。

大轟炸那年出生的伯父，看著臺中座產權歸中影所有後改名的臺中戲院外那人工彩繪海報，直誇美空雲雀很美。

跟著我伯父去看電影的我父親，兩隻眼睛直盯著滿路的軍人看。他再長大一點，街上就沒有那麼多嚴肅的軍人，取而代之的是高大戴著帥氣墨鏡的外國軍人，全是一派休閒打扮在中區晃來晃去。我父親一直想要那種空軍必備配件的太陽眼鏡，他那時候看著邵氏公司的電影時，並不知道自己未來會當三年空軍，還能擁有那樣帥氣的太陽眼鏡。

臺中戲院播過許多種電影，後來漸漸跟著臺語片的歷史般，那些類型的電影都消失在1960年後。

1960年代後，中影出品大量的政策電影，戰爭、愛國和歷史劇不斷重複播映在曾被謝雪紅用來召開臺中市民大會的臺中戲院。

十三

1961年中影遷到臺北外雙溪，臺中的電影事業夢，又回歸到電影放映業。

臺中戲院和隔壁的吉本百貨（日本時代的吉本商品行）在1980年代成為了北屋百貨，就是我幼年經過第一市場看見的廢墟。那棟廢墟後來成為龍心百貨，我父親會牽著我走上龍心百貨的二樓，那裡有兩家早在二十一世紀前就退出臺灣的外國速食店。而我的弟弟只會記得第一廣場，不會知道有第一市場，中區在我弟弟的童年裡，已經是到處高樓林立的景象。

我是看香港電影長大的孩子。霧峰臺影文化城在我的記憶裡，僅僅是一座瑟縮身軀在溪邊的電影遊樂園，根本看不出那地點曾經藏匿故宮文物長達十六年。那是一座小山谷，溪邊的砂岩堆疊得既脆弱又不穩固，乾燥成灰色一片淒冷在荒煙漫草中，週遭還有幾座從河床拔地而起的小丘環伺，彷彿是歷經歲月磨難般的古剎，漸漸被時間遺忘而寂靜。

龍心百貨後來成為誠品龍心商場，我同學在那商場賣鞋子打工時，第一廣場已經慢慢成為東南亞移工的假日聚落，然後有一天，便被改名為東協廣場。

而我記憶中那個愛唱歌的姊姊和想當電影明星的姊姊，長大後都沒有成為歌星、影星，反而是我的幼稚園同學，曾經當過某歌手團體的成員。

中正路（今臺灣大道）上的第二市場，尚撐著臺中的內城。我祖父還是習慣第一市場，第一市場在我祖父眼中，那些錯落著一樓和二樓的店家，始終是忙碌繁華的模樣。市場終究重新聚落起中區，消弭日本時代貧與富的消費習慣，使大眾能夠走上中正路（今臺灣大道），得以輕鬆進出那些曾經繁華的戲院與百貨公司。

運命：戀棧前生－樂舞臺

烏溪－旱溪－邱厝溪－邱大老圳－東大墩溪－五權路－中華路－柳川－民權路－林森路－南屯路－復興路－旱溪－柳川－樂舞臺（原中山路二九〇號，現為停車場）

「我用世間所有的路　倒退

為了今生遇見你」

——倉央嘉措

一

他不知道為什麼跟他母親吵架。有人說他前生殺了一頭牛，他母親則是跟他結了冤仇。那都是上輩子的事情。他和他母親後來都不吃牛肉，他離開家的原因很多，他租過許多房子，輾轉換來換去，都像是跟著烏溪走，在舊旱溪的地域轉了又轉，他在柳川邊停下腳步。柳川是舊旱溪支流，是烏溪水系。烏溪的名字跟鳥有關，在那些曾經是烏溪腹地，後來都成為田野、道路和房屋的地區，據說以前都是鳥類的天堂。

他一次也沒在旱溪支流經過的大里杙看過灰面鵟鷹，在那老聚落裡，聽說還是賞鳥的絕佳地點。那裡有棕沙燕，有八哥、棕背伯勞和愛在深夜啼叫的臺灣夜鷹。夜鷹的聲音總會提醒人，冬天已經離去，等到雨季真正來臨，牠們那在大半夜擾人的聲音便不知不覺消失。他也沒看過，身上像是曾有星點的大冠鷲。倒是看過幾隻水鴨。他記憶中，唯有一次被老鷹嚇到，就在橋上。一切太過突然，一隻老鷹叼著一隻巨大如牛蛙般的生物，從他眼前飛過，他什麼都沒來得及看清楚，就只知道那瞬間，真的有一隻老鷹叼著蛙類，差點撞上他的機車龍頭。

他一直以為臺中眾河川裡，只有鷺鷥家族在生活。他僅僅知道白鷺鷥和夜鷺的長相。夜鷺全身灰藍色，看起來圓圓胖胖，白鷺鷥則普遍偏瘦。至於那些白色的鷺鷥究竟有何正確名稱，他並不在意。儘管也曾經在川邊散步，被突然掉落的白鷺鷥嚇了好大一跳，那是一隻不知道為什麼會全身癱軟後墜落的鷺鷥。他那時剛在邱厝溪的範圍上班，那裡有邱大老圳，是柳川原本的名稱之一，那地方就在豐原街區的南方，往下游走的柳川原名則是東大墩溪，地點在臺中舊市區內。

他後來改到潭子上班。他那跟他沒差幾歲的外甥，從附近軍營退伍的當天，就在他工作的地方等他下班載他回家。那是一段對他而言，相當茫然的時光。他還曾經丟失過錢包，他朋友載著他的錢包就在北屯區閒晃一整天，才知道後座怎麼有人遺失錢包。他在進化路等他朋友從北屯區回到舊市區，他經過寶覺寺望著廟外巨大佛像的時候，忍不住低頭祈求自己的錢包能快點找到。他還當過流動攤販，從五權路走入中華路，由中華路進入中區，到達柳川名稱由來的地點。柳川源於日本時期，因應1916年市區改正，柳川兩旁被種上柳樹，柳川之名因此而生。他騎車從民權路進入西區，經過林森路，然後繞向南屯路，最後出南區的復興路，他曾到附近的工廠應徵。

他站在南區和烏日的交界，看原本的橋，後來都只剩下橋墩，那裡是平坦的柏油路，看不出曾有溪流行過。柳川在烏日注入旱溪，他回望他那幾年的歲月，時浮時沉，彷彿就似柳川的一生。

二

她前半生都在港口、津渡邊過日子，她不再延續祖先的生活，以擺渡權維生。她甚至連划船都不會，很辛苦才學會游泳。望著古早平埔族的圖畫，那抱著葫蘆過河的祖先模樣，都使她感到困惑。她曾經很害怕河川，渾濁晦暗的水就像嚴寒的冬天，河水再也不是她祖先眼裡的母親，道路對她而言，才是能把她送回家鄉的朋友。

她記憶中的柳川住著許多戶人家，那些房子全擠在一塊，看上去就像是果樹上的結實累累。柳川的堤是果樹，堤岸間則各自長著潮濕木頭黑色般的果實、藍色木頭陽臺般的果實、紅色木門般的果實、鏽蝕後的咖啡色屋瓦果實和鐵皮屋的果實等等，方的扁的長條形狀的，還有地下室懸空在水面上，都像雨中灰濛濛的果子、淋著雨矗立樹枝間的濕漉漉鳥羽和溪裡閃過濁濁灰色的魚。

她不喜歡吃魚，她小時候曾被兩三公分長的魚刺插入舌頭兩次，此後，她對魚便有了恐懼，越看那霧裡灰色般的柳川風景，越像是秋天的魚，肥厚銀亮在柳川的岸邊，那是一排又一排的魚，又像是一隻一隻魚矗立，柳川是繩子是竹籤，把魚都串在一塊，一大串然後又一大串。每當走過柳川，她都會感到害怕。

住在吊腳樓裡的人並不害怕。他們會在每天早晨上班上課，從懸在水域上的貝殼般屋子爬出，旋即把雙腳踩在模模糊糊灰藍清晨天色下的泥土、水坑和柳樹旁，就像是從水面鑽出的人魚，接著快速移動在城市道路上。那些人經歷起忙碌的白日生活後，等待黃昏落日像是魔法散盡前最後一點點光亮，人長長的影子就像是魚的尾巴，落在遠遠走過的道路，低頭彎腰一把鑽入，彷彿是人魚又返回大海。那屋子下長長的木條使勁往堤岸下撐著，兩排長條形的人魚宮殿，是灰黑白黃般的牡蠣殼宮殿，開始點起微弱的燈火，裡面的孩子在寫作業，有些大人還忙著在工作，有些人趕緊煮晚餐，有些人發呆在吊腳樓的地下室，想像心愛的男生有天會經過川邊。

她那時候還沒上幼稚園，柳川像是一隻巨大的鱷魚，那隻鱷魚的肚腹很長，長到裝滿了螃蟹、蝦子和小魚，她母親有過朋友就住在那些像是螃蟹、蝦子和小魚的吊腳樓內，一層又一層，一道又一道，前面對後邊，一樓還是兩樓，三樓還是地下室，那些沿著柳川建築的屋子聚落都像是被柳川吃盡肚子裡的螃蟹、蝦子和小魚，忽然就被消化了，柳川的吊腳樓是從1986年開始拆除。柳川的吊腳樓原本是為了讓大撤退之後的外省人有地方居住，因此在1950年開始設置。

1951年代，走紅過一首歌曲，叫做〈安平追想曲〉。那是她最喜歡的歌。彷彿唱著唱著，她就能夠沿著水道回到臺南。她曾經嘗試騎著兒童腳踏車，沿著復興路往南走，直沿著臺一線。僅僅靠著一輛掛著兩個小輔助輪的幼兒腳踏車，直往復興路行去，那一路上有鐵路高架化以後就會消失的火車路孔、第三市場、臺中酒廠、招魂社、公路局宿舍、演武場、汽車工業和火柴工廠……她記得兩旁的店家，偶爾有幾間房子都有大樹樹幹穿過屋瓦，有溪流聲經過的地方就會出現榕樹，高大的鳳凰木遠遠遮蔽著木屋宿舍群……站在復興路上往右手邊自由路的方向看，地勢是漸漸攀升，而左手邊往中興大學的方向，地勢則緩緩下坡。

她終究沒能騎回她的故鄉，後來她國小同學跟她說綠川有鬼，大人們則說柳川也有鬼。她在某一年發現臺中醫院旁的柳川開始施放蜂炮，不知道是誰許的願，按她老家的傳統，那蜂炮一放就得三年。臺中柳川放過三年的蜂炮，她認得那個綁蜂炮的師傅，是一名住在她老家王爺巷內的名人後代。她很久以後認識那名師傅的時候，那名師傅得獨自去隔壁行政區看病，騎著老舊的摩托車，噗噗噗直朝著港邊橋樑，那裡原本只有水草和沙洲，漸漸都成為陸地。

三

他經常都在估衣市場一帶活動，在中山路和臺灣大道間的雜貨店買餅乾。那裡的糖果零食都來自日本，那裡的燒烤店也有日本味道。不遠處的中華夜市早在傍晚開始喧囂，而那些日本零食雜貨店附近的老舊市場則慢慢闔上眼皮，漸漸睡去在大樓裡邊，於是大樓慢慢成為市場高聳的圍牆，市場則成為落寞的宮殿，看起來像是被城牆所保護，卻更像是種禁錮，等到黑夜像是大門重重深鎖，外邊的人根本看不見市場。市場的存在就只能從黑夜門外，那些還點著微弱燈光的商店、昏暗有風吹過的巷弄、店和店間的縫隙、突兀在大樓裡的鐵皮和大樓面對馬路的小吃攤後邊的甬道迴繞，市場如被黑暗深鎖的宮殿就在小徑的盡處，在巷弄的轉角，在一座廟宇存在的地域。

柳川在過去兵災連年，朱一貴反清事件，讓藍廷珍開墾大墩庄，主要的範圍是在中區和西區。1723年士兵把隨船媽祖奉祀於大墩，是成功路媽祖廟萬春宮的由來，與以前漳州信仰的馬舍公廟（輔順將軍廟）先後創建在大墩庄。《續修臺灣府志》載：「（貓霧捒）保內更有大墩小市。」說的是臺中市區、太平和大里等地，有市場在大墩內。1733年設置貓霧捒汛後，大墩街駐紮二百五十名兵力，原本像是山界般的大墩（臺中市區）逐漸發展商家，致使綠川到柳川一帶成為農產集散加工中心。

馬舍公廟就在小巷內，在市場邊，在大樓旁，成為孩童們寫完作業，可以遊玩的地方，輔順將軍可能是那些孩童的祖先帶來的，那些孩童們的祖先也可能跟帶入輔順將軍的士兵沒有半點關係，他們只是後來就住在那巷子裡，在馬舍公廟邊，神就像是他們的長輩，他們雙手合十拜拜後，就在那裡玩捉迷藏。有的孩子還在商家騎樓外寫作業，有的哭哭啼啼怎麼也算不清數學，有的剛被父親打耳光卻連父親也不知道該怎麼完成作業，那些孩子有的笑有的哭，有的繼續在廟邊畫畫，有的在廟旁講故事，然後那些一題數學也算不完的孩子，臉越來越漠然，腦子裡也越來越空白，直到他們的父母親忙完，那些孩子還是一個字也沒動筆。他們又被打了，卻連一滴眼淚也沒有流下，他們似乎習慣被打了，然後冷眼看父母親和自己都對那些功課束手無策的模樣。

他父親的課業也不好，他自己也沒好到哪去。然後，他們還是長大了，去工廠上班，然後把賺來的錢都花在估衣市場裡的美軍二手外套、太陽眼鏡和帽子，還有第二市場附近人家到國外批回來的衣飾。他父親記得自己買二手舶來品的地方就在柳川和臺灣大道之間。他買過年節應景的便宜外套，也在那附近。那裡曾經還有便宜的賣鞋攤販，大部分都是小吃攤，有粥還是稀飯的，圍繞在柳川附近的醫院邊，風一吹，總覺得一年到頭還是冷寒。

四

她如果是巴布薩的男人，她會刺上許多刺青，那些刺青大部分是老鷹。她如果也能夠去大肚王國參加聚會，她會從她家那貓霧捒社出發。經過貓霧捒在南屯的平野，往南走，到達王田，那裡是大肚南社，大肚中社可能在山陽，大肚北社則可能是在汴仔頭或瑞井。她同學每天都踩著沒有變速的淑女車，繞過黃叔璥在《臺海使槎錄》中記載的「大肚山形遠望如百雉高城」，她同學幾乎是貼著淑女車奮力騎過大肚山，就像是一隻學飛的鳥，慢慢爬上高處，接著俯衝而下。

她同學還說，在那一段路途上，總有一個地方凝滯住騎腳踏車的速度，宛如是下雪的天氣，冰冷冷讓她的心也跟著陷落到很深的地域，她同學說自己根本就不清楚那是什麼樣的地方。她同學東張西望後，有所顧忌地低聲說起，只聽說那個地方有大骨鬼，大人們說大骨鬼就在金聖公祠堂。荷蘭人沒攻下大肚社，鄭成功的軍隊讓大肚社敗退，清朝時期的軍隊則奔過大肚番那九十九座土墩。她同學繪聲繪影說著，那裡的確死了許多人，不只是金聖公坑溪……她同學打起冷顫。她則直跟著她同學的描述，走進另一處被現代屋厝包圍的暗巷深處，那裡是舊聚落的領域，那裡是平埔族人最後安息之地，以漢人的方式祭拜，埋的卻是拍瀑拉的遺骨，是大肚王同族的血脈。

她外公住的老聚落裡，男生都有一百八十公分以上，女生卻都矮小圓胖。就如荷蘭人在《航海與旅行》中的報導：「他們的女人比男人矮很多……有著圓圓的臉……」那是貓霧捒的老聚落之一。

五

他的小時候，學校外有雜貨店，雜貨店裡有遊戲機，只要投下零錢就會出現格鬥遊戲，他會使用大絕招，他會站著把搖桿晃上一圈又一圈，另一隻手則拼命按按鈕，時常都聽到同學慘叫，然後默默把斷掉的搖桿又插回遊戲機，他們一走出雜貨店，便嚇得鳥獸散。

不玩遊戲機的時候，他父母親會帶去他看電影。在他童年的某段時間，到處都有電影院，只要是省道旁邊，是稍微熱鬧一點的鄉鎮，都曾經出現過電影院。一間間的電影院就坐落在透天厝內，看起來既不豪華也不新潮，只等電影海報掛上那些透天厝的門窗，電影院正式開幕。賣票的窗口都在一樓，機車和腳踏車全擠滿透天厝的騎樓，沿著賣票窗口旁邊的樓梯往上走，在那些打通的空間裡，大約只有一個或兩個電影廳，廳內則是一排一排小小的紅色靠背布椅。他一階一階往上走，廳內沒有幾階，他還記得跟著幾個死黨曾坐在最後一排，那天他們第一次看的電影是桃太郎，當那個桃子飛出的時候，他還曾經嚇到尖叫。就那麼一連好幾天，他都夢見桃子飛出大大的銀幕，直往他的方向衝。

那些透天厝後來失去了電影院的招牌，透天厝又變回透天厝，可能成為賣場、KTV或餐廳，是普通人家的房屋，也可能是小吃攤。

六

她外婆自下臺中的曙町、花園町、楠町、櫻町、高砂町和干城町兜兜轉轉，才到頂橋子頭、旱溪和大字東勢子，她外婆落腳曾經的臺中東區，最後在臺中縣度過一輩子，漸漸忘記九九峰裡的生活，那裡有鹿，有水把聚落包圍在隆起的沙丘上，她外婆那庄出入得靠橋樑和外界聯絡，她外婆一家後來便搬到平地的沙州上。

就像她認識的一名友人，那名友人全家都住在河邊沙洲上，就在鐵皮屋內，其他鄰居則住在貨櫃屋內。沿著烏溪水域下山，到達旱溪的地域，那裡的房子和柳川的吊腳樓不一樣。那是一個個寄居蟹躺在水邊，那些大小寄居蟹從殼鑽出後，馱著書包還是便當紛紛去上學上班。等到黃昏落日把雲朵照得像是海浪從旱溪出海口處往內陸翻，那些大小寄居蟹才緩緩踏著腳步又回到溪邊，在尚未整治的河川裡，在草叢中，位於不知道何時會消失的沙洲上，他們又鑽回自己的殼內，然後用發電機發電寫作業。

她那高高壯壯的外婆嫁給她外公的時候，才開始有閒看布袋戲。布袋戲都在廟埕前表演，她外婆不是很迷布袋戲，她外婆喜歡看歌仔戲。她外婆愛熱鬧，幸好沒生在1897年以前，日本皇太后崩御，全臺禁鼓樂。1899年，臺中曾經因為治安問題，禁戲。她外婆出生前五年，才解禁觀劇的限制。有錢有閒的人都往戲館裡鑽，那時候還有雜戲團，看的不只是梨園子弟的戲碼，還有女戲和採茶戲，就連路邊都有蓄音器，也就是放音機，聽一次五厘的價格，很吸引一般民眾聽戲的意願。她外婆九歲的時候，掌中木偶戲自白字布袋戲改變演出風格後，布袋戲與真人戲相比仍持續蓬勃發展。她外婆二十歲的時候，臺中禁演歌仔戲。她外婆很喜歡歌仔戲裡的小生，她外公總說：不知道是戲迷人，還是人迷戲。指的是，戲迷和演員之間的是是非非。她外婆二十四歲那年，樂舞臺成立，是臺中的第三家戲院，上演的是京戲、福州戲和歌仔戲。她外公就隨她外婆的意思，到處去看歌仔戲。由七字調演變的南管歌仔戲，有高甲戲、閩班、潮班和小梨園戲。漸漸那些演著傳統古冊戲的曲目，因為戰爭而受到很大的影響。戰前，臺中劇場開張。高砂演藝場是臺中第二間戲院，隨著雜技沒落後，慢慢轉型以歌仔戲表演為主的高砂演藝場，又稱高砂演藝館，曾經名為寶座，最後的名字是大正館，最終也只能徹底消失，成為臺中市區成功路某條小巷子。

七

他住的地方離樂舞臺很近，樂舞臺在戰前，就開始播映上海的默劇。戰後，高甲戲繼續演出，有一些劇目因應潮流，逐漸以改編電影為主。從電影變體歌劇是當時被認為，高甲戲的另一種活路。

他對歌仔戲沒有什麼特別喜好。他跟他外公一樣，喜歡看布袋戲。於是，很小的時候就迷上了他母親口中的雲州大儒俠。他當小學生的日子裡，某一天醒來，就很喜歡李天祿的傳統布袋戲。他也喜歡過林強，他對林強會演戲這件事感到好奇，因此他去看了《戲夢人生》。他對李天祿出現在自己的類自傳電影也感到很神奇，他以為布袋戲是他的童年，原來他的童年其實是布袋戲的黃昏。歌仔戲和布袋戲就像是南管和北管的爭鬥，究竟是南管贏了，還是北管——他看見能夠再次演出布袋戲的李天祿在日本皇軍前的模樣，他不知道那個布偶為什麼要穿上軍人的衣服，或許他所喜歡的雲州大儒俠，也應該換上他那個年代的衣物，然後拿他在玩的塑膠寶劍，絕招可能是死光槍、波動拳和超級賽亞人的變身。然後女主角和女配角們都應該跟他姊姊看的卡通一樣，拿麥克風、魔法棒或是玫瑰花，一個個說出代替月亮懲罰那些壞人或壞男人的話。

李天祿曾經待過的樂舞臺，在1919年成立，當時只有木頭長形板凳。傳說一樣是在1919年設置那吳家花園裡的劇場，其繼承人吳子瑜會將天外天劇場開放給公眾觀賞歌仔戲，就是因為曾到沒有固定座位的樂舞臺看表演之際，受過被佔位子的悶虧。無論傳說是真是假，故事都說明了樂舞臺注定的沒落。樂舞臺是為了平民娛樂而誕生的劇場，帶著點不知道哪天就會被拆遷的氣氛，樂舞臺收留過李天祿那不知道哪天才能再演出布袋戲的青春歲月。

他跟李天祿一樣，都愛過那些漂泊在柳川邊的女子，柳川從北區轉向中區那一路，自古就有鶯鶯燕燕。他跟李天祿都知道，她們不是什麼隨便的女人，他們也絕不是浪蕩的男子，她們只是不知道該怎麼辦，他們也未必知道該怎麼辦。他離開那女人的那一天，並不代表自己真知道未來的方向。李天祿終究跟著戲班，默默離開臺中樂舞臺。他們不是沒有過真心，只是那真心從來就只能在心上。

八

歌仔戲團有過被扣留在樂舞臺的歲月。那時候看戲的人漸漸少了，看電影的人漸漸多了。戲院和劇團因為拆帳問題，總是鬧得很僵。在中部，開始於歌仔戲插入電影橋段的想法，可能來自臺中沙鹿豐原仔所主持的富春社歌劇團。在樂舞臺那麼做的第一個戲班，可能是光明社，當天觀眾一看便嘩嘩大叫，頓時戲院熱鬧非凡。光明社原本不做了，後來又繼續經營下去。從那時起，無論生意好還是生意差的歌仔戲都插入電影演出。不久後，天外天劇場裡來了一班人排戲，那齣戲算是把歌仔戲正式變成臺語電影。

她外婆二十七歲的時候，臺北就有戲班把舞臺電影化。

她外婆六十歲的時候，歌仔戲的背景都變成電影。樂舞臺後來也播放臺語電影，歌仔戲則進電視，後來還躍上國家舞臺。布袋戲也變成電影，還外銷國際。似乎布袋戲也沒輸，歌仔戲也沒真的走入黑夜，只有臺語電影最終消失。她記得《王哥柳哥遊臺灣》，她聽過《大俠梅花鹿》讓人都變成動物，以動物擬人的方式演出。她認識的楊麗花是在電視上演歌仔戲的帥氣小生。她外婆認識的楊麗花，是跟著戲班的楊麗花，是演臺語電影的楊麗花。《回來安平港》中，楊麗花以少女和母親的雙重形象呈現。

她從小就很喜歡〈安平追想曲〉。她母親就像是她和她外婆各自年代裡的某種聯繫，在隨片登臺的時代，她母親在臺中追過楊麗花，也看過鄧麗君，聽著〈安平追想曲〉。她辦人生第一支手機的時候，就把手機鈴聲特意編曲成〈安平追想曲〉。當她走在安平老街的時候，她的手機從來沒有響過。當她人在臺中的時候，那支手機總是唱個不停的〈安平追想曲〉，她覺得自己始終漂泊。

九

他有一個外姓的叔公，也有一個外姓的叔叔。李天祿四代四姓的人生，開啟李天祿學布袋戲的注定。他從來不知道自己應該做些什麼，他祖父像是從來就沒做過什麼。學布袋戲要先撐得住木偶的身體，以食指和大拇指九十度去支撐每一仙尪仔，從會站到會走，從木偶的個性到戲劇的特性，由動作到語言，自語言至戲曲，無一不講究的演出，才使得臺灣傳統布袋戲揚名國際。

他認識的布袋戲大師不多，他知道的布袋戲團也不多，他成長的過程中，更多的印象是廟埕前的空地，空地上會有人演歌仔戲。鐵架上的戲棚裡，有人把臉塗得很白很白，然後撲上比麵龜紅還紅的粉在臉上，那些人畫很粗的眉毛，還插一大堆叮叮噹噹的珠釵，原本穿一身白色素淨的衣物，然後再披上五顏六色華麗的戲服。那些人在戲棚下忙進忙出，有人低頭換鞋子，有人為自己繫上腰帶，有人一邊化妝一邊喃喃有詞。

他還記得，他的偶像李天祿大師曾獲得法國最高獎章

「騎士榮譽勳章」。他卻不記得自己什麼時候開始不看布袋戲，或者是忘記去看布袋戲，還是沒布袋戲可以看……樂舞臺後來播過黃片，跟那些省道邊和有些熱鬧鄉鎮裡的透天厝電影院一樣，老戲院和臺語電影最終都窮途末路在某些影片上——樂舞臺穿插起慾望的橋段，那些是在審核時被剪掉的鏡頭，又稱為「插片」。樂舞臺那原本大大的展演廳，和一張張能擠下十個人的木板長凳，在火災過後，全縮小成一間間狹窄的放映廳裝著沒幾張的靠背椅子，一樓則成為電子遊藝場。

他剛結束營業他自己的小攤子，他回到沒幾個員工的工廠上班，他又丟了一次錢包，卻沒找回裡面的救命錢，他的女朋友還等著他要開刀。他忽然很想念在雜貨店裡，玩格鬥遊戲機的日子。然而每一夜，他還是以幾十元打發自己的晚餐，孤單走過1994年拆除的樂舞臺。那裡是一座小小的停車場，曾經是兩樓高的紅磚建築，內部是木頭，門窗都是拱形的……樂舞臺曾經和社會運動有關，據說是農民組合的全島大會，跟臺中座一樣曾經也有社會運動演說。他祖父母很久以前都是農民，他則是一個工人正在回家的路上，他努力想些笑話，好安慰他那還躺在醫院的女友，他明天還得早起上班。

十

日子彷彿就是那樣，既注定又茫然的一日度過又一日。

他那天不知怎麼就哭了。

她傳簡訊祝福弟弟生日快樂的時候，她也哭了。

他曾怪罪莫非是因為自己的祖先，跟海盜沒有什麼區別。

她長大之後，才知道她的祖先其實是平埔族。

他好像漸漸就懂了，什麼是人生。

她還是會想起，外公說過：究竟是戲迷人，還是人迷戲。

〈安平追想曲〉和柳川的吊腳樓都出現在1950年，那是大撤退後的第一年，有許多人被迫和決定在異鄉重生，有部分落腳在柳川邊。

那時候柳川邊初音町三丁目二十番地的樂舞臺就已經是能夠演出歌仔戲的舞臺，不需要因為楊麗花而改建，把電影放映廳改成歌仔戲舞臺。

電視和電影取代了平民原本的看戲娛樂活動，二十一世紀以後，網路的世界似乎取代了原本的世界，又像是把一個個戲迷都給抓回到戲劇前，就在那一格小小螢幕裡，在隨時隨地的時空中，上演那些已經找不回的人生、從來沒體會過的生活和正在進行的歲月，日子就是這樣在過，在遇見他以前的人生，在認識她以後的生活，在那些重逢和不曾相遇的時間點，留下一點給為未來的餘地。

「我用世間所有的路　倒退
為了今生遇見你
我在前世早已留有餘地」

——倉央嘉措

言い伝え：
人生四時－天外天劇場

巴布薩獵場－東區－天外天劇場（復興路四段一三八巷）－糖廠－瑾園－忠孝路夜市－城隍廟－省城－臺中公園

小學一年級，每到星期六，就是聯課活動時間，我在一年級下學期的時候選了詩詞賞析的課程，因此寫下我人生中第一首詩，也不算是詩，隱約記得最後一句，「前庭花園好比人間仙境」。

臺中也有過一個那麼美好的後花園，吳家花園是我三十歲之前從來不知道的奇異仙境。

吳家花園外的天外天劇場設置者吳子瑜先生，寫給長女吳燕生詩人的詩作中，最後一句，「不愧延陵舊世家」。也許能說明，吳家公館曾經多麼繁華在復興路四段。

春

1935年，那時候是初春，雨季要等媽祖婆感懷信眾的心願，才會落下心疼的眼淚。許多人家的祖母和外祖母都整裝待發，她們要跟隨媽祖婆的腳步，去到南部慶祝媽祖婆的生日。那是平民生活中，很熱鬧的一場宗教活動。家裡的女性長輩揹著孫兒輩的，提著草編的袋子便——出發，幾天後，墩仔腳大地震，又叫做關刀山或是新竹臺中大地震發生。那次地震重創臺中繁華繞鬧的老聚落，像是后里和豐原。跟著媽祖婆出發的信眾逃過一劫，或許因此更加深媽祖婆在臺中的信仰文化。

一眾平民跟著媽祖婆回家之後，面臨到家園重建的問題，流離失所的人們就像是魚群，哪裡有浮游生物可以進食，魚群就在哪裡。臺中境內從明清時期興起的老聚落，曾經也有許多魚群，就像是天空有北極星在指引，直讓海鳥盤旋在那些城鎮中，鳥等著魚，大魚等著小魚，魚等著浮游生物，浮游生物跟著溫暖的海流。突然間，暖暖的水流不再流過。魚得走了，轉向就落入城邊。位在城外的吳家公館，因此與平民結下深切的緣分。東區是物產集散地，在帝國糖廠時期，成為物產運輸中心。在那之前，人力車、搬運工，還有許許多多的平民，早已逐漸聚集。繞過河，經過山，后里往東區的距離較短，算是進臺中城的捷徑。山上原住民往山下貿易，也沿著東區走。東區也有自己的媽祖廟，廟就位在旱溪老街上，一旁傾頹的古蹟大門開向，彎彎曲曲對著舊時道路，那座古蹟名為下邳堂，門上有紅磚裝飾，門匾有「月光如水」題字，原有的圍牆外則還停留在五、六十年代，塗著藍色、白色和紅色長長一道道的油漆，樹叢中則有紅色和灰色洗石子的柱子，一旁是土角厝的牆壁，大門是檜木製造，屋頂被覆蓋上鐵皮保護，磚瓦碎落在草堆中。

草是巴布薩原本的獵場，屋子是1936年臺中劇場開幕那年的屋子，1936年報紙上說的臺中劇場，便是吳家花園外的天外天劇場。

天外天劇場，是為了平民而誕生。吳家花園內，早有自己的劇場。和下邳堂一樣，也是1936年誕生的天外天劇場，則是臺灣總督府技師齋藤辰次郎設計的兩層樓洋房建築。擁有綠色的外觀和許多玻璃窗，窗上有裝飾，長方形的外觀像是擁有三進的屋厝，旁邊的牆面各自凸成六角形的一半，大門上有女兒牆，牆上有花草形狀，大廳屋頂看似圓形，廳外有裝飾的小石柱，宛如微縮後的神廟柱頭。

1936年的後站東區街道，幾乎跟現今的大智路和復興路四段沒有兩樣，那裡早佈滿許多平民小吃，也充滿許多平民的娛樂。

夏秋

天外天劇場，對著的就是臺中臺汽客運南站，曾經是打擊場，後來成為新臺中車站的站前廣場。由第三市場往復興路四段走，臺中南站磨石子的灰白漸漸一口一口吞噬破曉前的靛藍，我揉揉惺忪睡眼，天空漸漸佈滿如同客運站裡日光燈的螢光白，一班又一班過境蝴蝶般的客運，我、母親和父親總在天色昏暗不明的清晨想著該如何才能搭上回臺南的車，又在深夜從臺南回臺中後，我們一家默默穿越復興路四段上的便當、肉羹、麵攤……像走入永無止盡的旅人行列。

全都是暫時歇息準備填飽肚子的異鄉遊客坐滿每家小吃攤，眾人幾乎沒有區別般，相似的臉上神情總是掛滿疲憊。有種錯覺，臺汽臺中南站從未消失。儘管後來成為國光客運的臺汽總站也在2017年落幕，臺汽南站的中興號消失沒多久，臺中站前站後的客運站，都因為九二一大地震影響，有的永遠消失，有的暫時消失，最後都只存在於2017年。

佛家說無常，指的是變動。天外天劇場面對的臺中臺汽南站，彷彿一開始便不存在，那塊少了建築物而因此看起來輕飄飄的臺中南站歷史，現今是臺中火車新站廣場前的一塊空白，一樣是行人走來走去。

天外天劇場也在臺中歷史的洪流下變動。

那是颱風來臨的中秋節，為了去探望剛產下外甥的表姊，我冒著風雨在幾乎無人的臺中街道行走，天空是灰色得就像是老鼠的肚腹，那是隻痛苦的老鼠，看起來就像是快要臨盆，雲沉甸甸好似隨時都會塌下。雨那時並還沒有落下，冷灰的街道全都嚴陣以待，路邊店家的鐵門也灰著一張張臉嚴肅著風雨欲來的草木皆兵，幾隻流浪犬吠出了焦慮，幾隻貓跳過鐵皮，一陣陣強風吹起路邊垃圾桶開始滿路追逐的叮咚響。我只能加快腳步，卻不時得注意頭頂上的障礙物。狂風像是牛哞叫一聲後，旋即噤語，我滿腹神思在五百公尺處的月子中心，在停放機車的騎樓看路邊的行道樹搖晃，聽風又一陣呼呼而過，瞧紅綠燈在頭頂上像鳥隻盤旋找不到歇腳的地域，瞅不遠處人家陽臺邊的盆栽也在跳舞。我想跑，卻忽然被吹回騎樓。我只好等待風停的時候，才能迅速往目的地衝。

一抬頭，卻因為強風而迷失了方向，我被吹得東倒西歪的時候，才發現，巷子裡的盡頭，有一棟洋房，洋房上像是變形金剛組合著無數看起來十分龐大的鴿舍，那鴿舍還有個氣派的名稱，就叫做國際鴿舍。鴿舍瞬間彷彿好像在我眼前搖，搖得就像當年的九二一大地震，我趕緊匆匆跑過，繼續往東區移動，那是我第一次看見天外天劇場，而當時，我並不知道國際鴿舍就是吳家花園外的天外天劇場。

二十世紀末，我當時是個小孩，我隨父母逛遍臺中的所有百貨公司，在星期日體驗著臺中人的娛樂，直到百貨公司沒落在九二一大地震之前。

2001年大智路和復興路四段突然出現百貨公司，我問過我父親，那棟百貨公司是怎麼出現的。在我印象中，那裡什麼都沒有，原臺中後站對面有一排補習班，復興路四段盡頭則有2017年拆除的復興陸橋，近陸橋的位置，有一排附屬火車站的倉庫，全是紅磚建築，幾乎被大樹包覆。另一旁則有奇怪凸出在陸橋下的大樓，那棟大樓旁，則有一排鐵路局的舊宿舍。

那一棟很像是宮崎峻動畫《天空之城》裡的機器人大樓就突兀在陸橋的大轉彎處，有灰撲撲的黃色油漆和古早門窗的設置。那棟機器人大樓偶爾睜眼眨眼，任花草滋長又枯萎在大樓上，就那麼守衛著住在裡邊的人，靜默不知度過多少日子。

大樓旁則有憲兵隊，憲兵隊旁則是販賣軍營用品店面，店面裡邊原是舊建國市場的一部分，直從臺中舊火車站延續到舊帝國糖廠附近。那裡原本不是糖廠，而是臺中城的城隍廟。

臺中城隍廟由1884年臺中知縣黃承乙建立，糖廠設置後，由吳子瑜等世紳發起重建城隍廟，新廟最後落址於忠孝夜市的合作街內。那是一棟古樸顯現日本時代的洗石子城隍廟，保佑過我外婆那些同父異母的弟弟們，後來又保佑著我們全家。當年那位發起新廟重建的吳子瑜就是吳家公館的後人。吳家公館的歷史就在我尋找臺中城隍廟歷史的時候，一一跟著浮現。

他會如何形容他所建設的省城，用土角、竹子和紅磚，街道則是黑糖混麻袋做的路基，覆蓋上黃土和卵石，窄仄的老街只容一輛牛車經過……劉銘傳告病，局勢變動。他是否曾嘆氣在榕樹下，在樟樹還密佈於郊野遍地，當樣仔樹的果實轉綠，溪水交匯的聚落都會生長的埔姜樹還存在，田邊的龍眼樹都還很小株，整個臺中城像是被雀榕包圍，茄苳樹王也已經活了近千年在水源地，竹林、田園和稀疏的聚落一叢一叢參差在他眼前。

他那時還沒失去他家族的故事，臺中卻彷彿已經失去了什麼。他仰頭所聽見的是什麼樣的風聲，在旱溪水道不遠處，蕭瑟著溪邊的枯樹時，無名溪正從北區湧泉而出嘩啦啦，幾年之後便會繞入臺中真正的後花園——臺中公園內。

他當時矗立之地，沒有公園，沒有自由路與臺中公園間的大北門，沒有大東門，沒有復興路四段的小東門，沒有大西門也沒有小西門，沒有大南門遺留在興大附近的地基，沒有紡織廠圍牆外通往小南門的路基，也沒有小北門在臺中醫院前。

大北門明遠樓上的門一開一闔。他以為從那時起，就什麼都會有。他出錢出力興建的省城，終究是一場夢，他卻在那場夢境，以吳鸞旂公館宅第真實了那段歷史的足跡。吳家公館有更樓，有正廳，一共兩進，兩旁各有三棟住房，皆有天井圍廳。公館裡有小池，有橋樑，有雕樑畫棟，有石有磚，有水上閣樓，有陽臺。

他不知道吳家公館會被變賣，他不知道買主基隆礦業鉅富顏氏會把吳家公館捐成孔廟預定用地，他不知道吳家公館會在1980年拆除，最後只剩下更樓入駐臺中公園，默默陪伴省城遺跡大北門明遠樓所修改的望月亭，他的故事就停在臺中公園裡。

他彷彿還待在城門外聽那風聲，從遙遠山邊沿溪水而出，老樹落葉的聲響窸窣，遠邊烏日庄的舟船搖櫓咕喀咕喀向海，他等的夢也早出海不復返。

他叫做吳子瑜，他父親就是吳鸞旂。吳鸞旂的父親吳景春娶了霧峰林家之女，吳家和林家是姻親，吳子瑜和林獻堂則是表兄弟。吳景春隨林文察因太平天國戰事而喪命漳州，林文察的衣冠塚就在臺中公園旁，那裡後來蓋了大樓。臺中公園一帶究竟是林家的地還是吳家的地，吳家和林家從此開啟緊緊相依的命運。他們創銀行，他們建臺中中學校（臺中一中），他們在櫟社推動傳統詩學，在臺灣文化協會發揚本土文化。

吳家真正的花園後來落在東山別墅，在臺中太平境內，曾有五百多株一品紅的荔枝樹，建別墅者就是吳子瑜。

臺中新火車站斜對面曾經矗立的吳家花園，後頭的忠孝路有一棟洋房，洋房的主人是林家人，因林子瑾的故居瑾園，1950年貫穿的大智路因此得名大智，是林子瑾的號。櫟社的社友經常以瑾園為聚會場所，也以天外天劇場為聚會場所，他們看什麼樣異於傳統戲劇融合西方文化的新劇，又欣賞哪些電影，聽什麼戲碼的京劇和歌仔戲，又會在食堂點些什麼食物，喜歡喝什麼品種的咖啡，是否也都會去跳舞場跳舞……當圓形屋頂的燈漸漸暗下，坐在有靠背的一張張椅子上，前方舞臺會揚起什麼樣的戲劇。門窗透進的微光中，吳子瑜是否如同傳言，真的在自己家的戲院鐵椅都鑄上自己的名字，好一雪在樂舞臺所吃的悶虧。

天外天劇場原本所演的戲，或許都跟霧峰林家花園裡的大花廳一樣。大花廳是傳統豪華的中國式舞臺，用的是傳統工法，就連揚聲器都是以棚下的水缸聚聲。相比之下，歐美風格的天外天劇場有著希臘風格的細膩神話，也有美式風格的粗獷豪邁，天外天劇場還曾經有美麗的水晶燈懸掛，有歐洲風格的迴廊和樓梯，有裝飾繁複的瓷磚和門窗，也有現代化的排風機……一樣的圓形屋頂，不一樣的木頭與鋼鐵。大花廳自九二一大地震修復以來，如今還能夠作崑曲等等的戲劇演出。天外天劇場卻被拆除了六角屋頂，天外天早沒有了相對天外天劇場綠色的外表，屋頂卻是醒目又突兀的紅色。天外天還失去了那些美麗的裝飾瓷磚，天外天劇場早就沒有觀眾席……天外天劇場的屋頂為什麼是紅色的，在當時明顯違反了二戰時期的國防考量。有人問吳子瑜為何，吳子瑜究竟怎麼想，就如天外天劇場原本的樣貌，一切都已經不可能得知。

天外天劇場和樂舞臺的建築截然不同，一座是貴族蓋給平民一起消遣的巨大宮殿，一座是蹲據在柳川邊的二樓洋房。樂舞臺紅磚的結構和木頭的內部，就像是吳家後代在忠孝夜市存在過的一棟洋房，傾頽在2009年以前，那些拱形的門窗終究沒有撐過二十一世紀初。幾十年曾經新穎後來破舊的洋房變成大樓，樂舞臺拆除後，卻僅僅是一座小停車場。吳家花園內的戲院和樂舞臺一樣出現在1919年，吳家花園外的天外天劇場和樂舞臺一樣都位於城外，儘管那是座從來沒有完工過的省城。樂舞臺和天外天劇場還有許多相似點，它們存在的功用都是不以日本人消費為族群，而以平民娛樂為主要考量。

然而，打從日本時代到美軍出現在臺中城，娛樂場所越來越多，跳舞場、酒家和劇場漸漸充斥，平民那時候除了戲院，其他場所就只能是路過。

冬

據說：天外天劇場的由來，是因為吳燕生對父親吳子瑜說：他已是人上人，劇場就叫做天外天。

那時的電話號碼只有三個數字。那個年代的電影海報都是人工繪製。那時的電影票用油印，小小一張。天外天劇場還演過愛國片，那時的天外天叫做天外天戲院，早已轉型為國際戲院。二戰結束，吳家的天外天也不再是吳家的天外天。

那裡經歷過臺南真善美劇團的演出，那裡也播放過日本電影和臺語電影，也有歌仔戲持續表演。五〇年代的雲林「麥寮拱樂社」歌劇團就在天外天排演。他們籌畫製作歌仔戲臺語電影，《薛平貴與王寶釧》由臺灣第一家民營製片廠獨立創作，該製片廠也跟天外天劇場一樣，位在過去的臺中後站，如今的臺中新火車站附近。創立製片廠的，正是臺中人何基明導演。《薛平貴與王寶釧》是第一部以三十五釐米拍攝的正宗臺語片。

臺語片從五〇年代活到七〇年代，國際戲院也結束戲院的命運。

我記得從七〇年代到九〇年代的泰源製冰廠，製冰場四周的街道總是閃過灰銅色的光，彷彿路還是麻布袋加黑糖奠基，房子也是糯米、黑糖和土角的錯覺，時間都被冰凍在戰後的蕭條，吳家人一一離開，人潮也慢慢遠離臺中後站。綠川四周還活躍著，如同戰前。綠川旁城內的繼光街上也有過製冰廠，繼光街上的製冰廠跟一般人家的透天厝沒有什麼不同。原臺中後站的泰源製冰廠，前身原來就是天外天劇場。

天外天劇場還變身過釣蝦場，也曾經跟樂舞臺一樣，淪為電玩店。直到鴿舍出現，那座戶外樓梯突兀又醒目在臺中後站的巷子裡，我曾經走過，看過那座樓梯，沒看過鴿舍的全貌，聽過鴿子的叫聲，沒發現有建築物藏身……隨著百貨公司出現，二十號倉庫再度利用，人潮變多，我依然跟眾多路人一起行過那些被鐵籬圍牆遮住的天外天故事，被老屋違建蓋住的天外天風景，被視而不見的天外天傳奇。

忽然，我意識到那裡曾經有過什麼。在我年幼搭臺汽南站中興號的歲月裡，我彷彿聽過天外天劇場的故事。有人在附近徘徊，有人在張望，彷彿是想到天外天劇場後邊的合法公娼場所消費的軍人……許多人竊竊私語，那個地方，那座天外天，那裡住過什麼樣的人，多少攤位圍繞。我的確夢見過，就像是小時候追著歌仔戲演出的經驗，是誰看見過許秀年在天外天劇場表演歌仔戲。我喜歡許秀年的表演，喜歡許秀年的小旦，我夢見許秀年到我家鄉表演，在狹小的舞臺上，在很空曠的土地上，人群密密麻麻圍著戲臺呈現扇狀。以前就是那樣看著野臺戲、布袋戲還有後來的露天電影。

中興號消失在復興路四段，彷彿我也跟著離開，等到我再路過天外天劇場，劇場結構早就被嚴重破壞，變身停車場的天外天劇場，曾經差點莫名其妙被拆除。還好，我又與天外天劇場偶遇一次停車的經驗。

我騎著機車載著友人，突然看見貌似天外天的外牆，我好奇，騎著機車往巷子鑽去，一個阿伯突然從我身後大喊：可以騎進去，裡面可以停車。我騎了進去，那裡的確就是二十一世紀以來，外人無法親近的天外天劇場。早沒了外牆油漆的顏色，「施工中」的紅字被噴在白色柱子上。灰色的鐵捲門裡，有希臘風格般的柱子還存在，綠色鐵網圍籬又一次阻擋外人進入。僅剩灰色的水泥佈滿整棟建築，屋頂則只剩下國際大戲院黑黑白白隱隱約約的字跡，一樓外牆門楣上有燈管佈滿的廣告招牌燈箱，招牌消失了，燈箱還掛在國際大戲院底下，遮住了女兒牆的裝飾。一些柱子被噴上黑色的叉叉，一些綠色鐵皮圍籬阻擋一樓的出入口，一些三角錐像是隨意散置，幾個失去窗戶的窗子和被填成牆的窗子、電線、鐵管……那裡曾有美麗的名字，櫻町。

我沒看過櫻花開在東區水邊的模樣。臺中後站在我記憶裡，始終是寒冷冬天的一抹灰，一家四口擠在不知道換了幾手的老偉士牌機車上，那輛機車也是灰色的，停入收費的灰灰暗暗停車場，走入灰灰黃黃的騎樓，轉入灰灰白白的臺汽南站，抬頭一看，天空始終是冰灰的天氣。還有許多人穿著灰灰的冬衣，早已起身忙起一天的工作，有人等著從製冰廠載走冰塊，有人早煮好一鍋豆漿等著賣早餐，有人根本整夜都沒闔眼直滷著爌肉，有人在擺攤位，有人匆匆行過，有人……有人……。

平民並沒有完全離開東區，吳家的歷史卻從東區離散。

很久，很久以前，那是一個關於士紳與平民間的故事。

那地方有過糖廠的車站。

那地方負責運輸郊野的甘蔗。

那地方曾經被排拒在城外，上奏建城的人，叫做劉銘傳，他曾寫過一些詩句，「一鐙詩酒增懷感，幾日蕭疏洗甲

兵……」

臺中城終究防禦了誰。

無論是清朝還是日本的臺中城，最終只剩下臺中公園，那裡是八〇年代平民最喜歡去的娛樂場所，許多家庭都在裡頭拍照，嘻笑，划船，看風景，然後忘記大北門的明遠樓，遺忘東區吳家，也失憶霧峰林家，還不復記憶起1917年設立的動物園。

音：光影的夏天－成功戲院

臺中驛（臺中舊火車站）－櫻橋（舊火車站往臺灣大道橋樑）－大正通（自由路二段）－大正橋通（民權路）－臺中州廳－明治通（自由路一段）－綠川東岸（綠川東街）－分屯大隊（干城軍營）－臺中水道水源地－臺中第一中學校－臺中公園－大正通（自由路二段）－新富町通（三民路二段）－御泊所（臺中舊市議會）－大正橋通（民權路）－榮町通（繼光街）－櫻橋通（臺灣大道）－臺中驛（臺中舊火車站）－臺中娛樂館（成功戲院）

「她在世上依靠的只有你，

只有你一個人呀，

你不要死去！」

——《你不要死去》與謝野晶子

一

他出生的時候，就很習慣路上都是「大人」走來走去，那些「大人」會跟他祖父說話，那些「大人」偶爾會笑，但沒有幾個人能夠看見那些「大人」在笑，他躲在他祖父背後看過。那些「大人」看起來大部分時間都很嚴肅，路過的農民連看都不敢看「大人」一眼，路人不想惹事，那些「大人」也盡量不要讓自己找碴。他祖父看起來每日的工作都像只忙著泡茶給那些「大人」們喝，然而他清楚他祖父做得更多，然後他們家才能放心，整個宗族的人也才能安心，連同幫忙種田和做事的員工。他們彼此要的是信任。他因此很早就會說日語，他聽那些「大人」們講故事，他和他祖父陪著那些「大人」坐在田邊的樹下，那裡的風越颳越大，也許會停，或者轉變風向。

他那時一點都沒感到害怕，因為「大人」們還笑著，他祖父也笑著。他蹦蹦跳跳漸漸能在那些「大人」面前自在玩耍，拿木棍在樹根旁挖洞，灌水，抓大猴（蟋蟀）……偷偷爬上樹，坐在能看見遠方風景的樹枝上，他慢慢唱起，他聽過的公學校校歌和小學校唱的兒歌。他以後也會去就讀公學校，比起小學校教室是挑高又離地的木造教室，公學校的教室顯得矮小。但無論是公學校還是小學校的學生，都要一起集合在很久以後叫做是大同國小的操場，1941年後則叫做明治小學校，日本皇太子和親王都曾蒞臨那間小學校。

1923年裕仁皇太子搭軍艦金剛號到臺灣行啟，皇太子在臺中的第一站是臺中驛，也就是二代臺中火車站，今日的臺中舊站，一棟雄偉的建築物，歐式風格卻是方形柱子。火車站後方在照片中看起來什麼都沒有，站前廣場則豎立高大的兩根柱子，上面插滿日本國旗，還各寫上「歡」、「迎」字樣。那些柱子的底基都有一輛老爺車那麼大，那輛緩緩從臺中驛開始行駛的豪華老爺車汽車，上面就坐著裕仁皇太子。站前，軍官騎馬準備行禮。那些英氣昂挺的軍馬都來自臺中國光國小附近的馬場，沿著國光國小、長春公園、綠川，火車站前還有馬飲水的裝置，軍馬叩叩叩踢響步伐在街道上。

其他分隊的士兵則徒步聚集在火車站前，幾棵椰子樹都在風中搖。

皇太子會從火車站到太子行啟紀念館預定地。距離皇太子到達臺中三年後，該紀念館才會出現在現今臺灣大道和自由路的路口，那個路口以後會蟬連許多年的臺中地王，直到中區沒落。那是一棟巴洛克式的建築，入口設在十字路口上，外牆氣派宛如大石塊堆疊，正面則繁複像是座牌樓裝飾在一、二樓門口外的走廊。開館時，臺中物產陳列館併入行啟紀念館，推出展覽活動。原本的臺中物產陳列館在南區第一計畫公園內。當復興路段籌畫鐵路通過時，第一計畫公園終究沒有落在復興路，改遷到現今的臺中公園，物產陳列館也跟著搬遷到臺中公園，幾年後拆除。當年主要展覽分為農林、交通、建設和藩政等主題，主要供官方建檔和研究。

皇太子由行啟紀念館前往臺中州廳，那是一棟屬於法國風格的建築，由森山松之助設計的馬薩式屋頂，指的是上緩下陡的兩折式屋頂，還有塔狀、角樓、牛眼窗、入口玄關的多立克柱式假石的結構柱和二樓的愛奧尼克柱式結構柱，以及退縮的陽臺。

皇太子繼續馬不停蹄，前往臺中第一尋常高等小學校。坐落在明治通的小學校，後來成為明治小學校，校地還曾分成光明國中和大同國小，直到光明國中搬遷。大同國小至今還留有昭和太子樹、昭和太子揮手過的太子陽臺。那年當皇太子到達臺中，女中、小學校和公學校的學生都聚集在臺中第一尋常高等小學校的操場，一邊用歌聲詠讚神聖崇高的皇太子，一邊揮舞著手中的太陽旗。那座學校和行啟紀念館一樣的土黃色磚牆、磨石子樓梯、廊柱式樓房和洗石子的外壁，都象徵著那個時代某種輝煌的錯覺（實則內部都僅僅是木頭和紅磚的結構）。

皇太子離開小學校，進入了臺中驛旁的干城營區，營區在老照片中很遼闊，毫無遮蔽，除了一旁的行道樹在照片裡灰濛的身影像是圍牆，營區後方遠遠的山稜則灰黑成一道水墨，簡單畫了幾筆的風景，就被熱鬧的軍隊歡迎儀式打散。

皇太子所乘坐的時髦老爺車，當時既新穎又突兀在清朝街道和老聚落都被改正後的臺中，那裡彷彿什麼都沒有，只有一排又一排一列又一列那些穿著白色制服的「大人」，正維持著路邊觀禮的民眾。

車子緩緩上坡，電臺街旁的水源地，上水塔看起來高聳在山丘，那是一棟矗立小丘的三樓建築物，一樣雄壯如羅馬建築般的氣勢盤據。

老爺車轉眼就駛入臺中第一中學校，林獻堂和吳子瑜等人推動的臺中中學校，現今的臺中一中。一路上都是椰子樹迎來的南風，彷彿所有人都在歌唱，唱海洋的歌曲、船的歌曲，歌聲中有太陽暖暖的溫度，使得皇太子一點都不覺得疲憊。

當皇太子入住臺中御泊所，是1900年的臺中州知事官邸，後來的臺中俱樂部，如今的臺中市議會，他仍可以進行賞賜，能跟官員噓寒問暖，還能在夜晚欣賞路邊鈴蘭造型的瓦斯燈和民眾提燈遊行的燈海。

二

那樣的日子就是他的童年，當他得從高大的樹木小心翼翼爬落，撥過寬大葉子的草本植物，又鑽入矮灌木林中的小徑，出了田野，他準備踏上到公學校就讀的生活，那時公學校裡的鐵顯微鏡都變成木頭顯微鏡。不僅如此，所有日常生活所需的鐵製物品全都消失，他聽過天外天劇場裡的鐵椅慢慢也跟他學校裡的鐵椅一同消失，木材和水泥又回到房子裡，木椅也回到各大戲院裡，建築物中全都佈滿木頭板凳、木造的舞臺、木頭天花板、木窗、木門、榻榻米的座位、榻榻米的房間、木門把……木作的工具頓時充斥在他的童年歲月。他轉眼就變成少年。他似乎不大了解太平洋戰爭，他只知道最終日本戰敗。那些原本在鐵軌上、公共設施、學校、戲院和家裡的鐵製裝飾品和用具在經歷消失之後，還需要幾年的時間，才會陸陸續續返回他所擁有的日子。

他還是會說日本話。他有時候都以為「大人」又出現在田邊樹下，彷彿是農民在巡「田水」。他好像又見到他祖父坐在田邊泡茶的模樣，他祖父沒熬過二戰的歲月。後來許多親人離開曾和他一起居住過的那個很大的三合院。他家的田後來也不是他家的了，他家所擁有的東西越來越少，最後幾乎只剩下他自己一個。他依稀還記得明明不久之前，就在他家那附近不遠處的電影院，還演著愛國電影，許多戲院都是由日本人合股的公司，大部分播放日本發行的影片。

臺中座上映過李香蘭的《支那之夜》，吸引著中上階級的家庭觀賞。他大部分的同學都去看有臺灣人的電影放映團那種戲院，那樣的戲院越來越豪華，收費仍然便宜。所有的電影，大致上的內容都在歌頌著某種美好，有些美好似乎被認為已經實現，有些美好卻必須靠爭取才能得到。

他看不懂那些所謂的美好，只知道電影內容多半在談戀愛，有的出現打仗劇情，有的都只是在哭泣……在那樣年代裡的電影院，究竟有什麼特徵。

1931年第一座臺中市營戲院誕生，臺中娛樂館完工，是座巴洛克式建築，外觀像是大大的圓角拱門包住騎樓的售票亭，內有六百二十三個座位，分類為一等席一百二十個、二等席二百四十八個和三等席二百五十六個，占地三百七十多坪，建有一百九十五坪，有停車場（以前稱做寄車位），館內設置有大廳、電話室、機械室、販賣場、吸菸室、觀覽席、男女化妝室、館主室、辯士休息室、放映室和消防室等等。播放空間還有三層隔音壁布，座位採階梯式的並排，座椅則是具彈簧可拉起的現代化板椅，舞臺兩旁仍有照明窗，舞臺設計呈現圓角拱門牌樓般裝飾著舞臺，舞臺正中央可擺放銀幕，舞臺還設有特殊隔間設備以供各種表演節目演出，播放廳後方則各有兩臺播映機輪流放映，電力由臺灣電力株式會社供應。

娛樂館營業四年後，座位改為一千個席位，放映機則是當時世界最好的R.C.A製，還裝有冷氣，票價則分兩種，樓上七角，樓下一圓，當時物價普通家庭一個月約有四十圓的收入，便宜的娛樂活動因此吸引眾多民眾前往觀賞電影，那是現代化的首要步驟，是跟上時代的象徵，娛樂在二十世紀進入到臺灣的家庭生活，慢慢成為各種家庭的生活一部分，娛樂的生意也隨著日本政府的推廣而普及。在電影方面，臺灣的映演業也因此跟著蓬勃發展。

1939年元月，臺灣人另組「臺灣映畫株式會社」，主要從事電影製作、發行、放映及劇場經營。但到了戰爭緊張時期，臺灣人的戲院便劃歸「映畫演劇統制會社」（1943年）管轄，並且強迫加入「臺灣興行場組合」（1942年，興行即娛樂之意）。

那是他所認識的娛樂館，機房空地上就擺放著廣告看板，看板旁邊則是太子行啟紀念館，行啟紀念館的旁邊則是臺中座。當他的孩子懂得上街看電影的時候，太子行啟紀念館早已從憲兵隊營區變身為綜合大樓，憲兵隊營區後移至復興路四段的復興陸橋旁，可以望見吳家花園和天外天劇場的位置。

在娛樂館旁的行啟紀念館消失後，娛樂館也不再叫做娛樂館，那時的名字是成功戲院，以播放洋片為主。又過了幾年，走道、圓窗旁，美麗的洋式建築物，在播放由鍾情和趙雷主演的國片《給我一個吻》時，發生了一場意外，市政府後來將戲院出售，成功戲院因此轉變為第一代的遠東百貨，而後才與一旁的八層樓綜合大樓合併為如今的臺中遠東百貨。

他從沒逛過遠東百貨公司，和他孫子一樣大的女孩，拉著他孫子坐過遠東百貨公司裡的小摩天輪，玩過那頂樓的小遊樂園。他只記得氣派的行啟紀念館，轉型後的綜合商業大樓也一樣雄偉聳立在臺中中區……那是個似乎什麼都會漸漸變好的社會，一旁也還都是紅磚和木頭撐起的老屋子，那裡面總有他心愛的女孩最愛吃的冰。那女孩後來成為他老婆。他覺得最幸福的時光，莫過於帶著她一起去冰果室吃冰。

三

我牽過他的孫子去遠東百貨玩，他愛的女孩是我最懷念的姑姑，他長得就像是我的爺爺，他最喜歡說他膝蓋不好是因為像我祖父，他把我祖父當成他自己的親爹。我因此知道，他有多愛他心中的那個女孩。他送她多漂亮幾乎有半個人高的一束鮮花捧花，只為了拍攝黑白婚紗照。他陪她看黑白映畫和歌舞表演，然後他們的世界漸漸彩色，慢慢也就彩色成綜合大樓外懸掛的，那種豪華大戲院及豐中戲院的電影廣告看板，隨著時光荏苒才悄悄又褪去顏色，成為年代久遠的風景明信片色澤。他仍然覺得他青春裡最美的時光，就是在戲院附近吃冰，他在那裡可以看著他愛的女孩笑得有多麼開心。

四

我時常重複作著一些夢，夢裡的臺中跟我的印象截然不同。在夢中，樹林包圍著我由臺中公園往臺中一中的方向。騎著自行車的我，越騎越覺得吃力。環顧那夢境，周遭人車很少，幾個和我騎著一樣鐵馬的人，拐個彎就消失在樹叢中。我好不容易繞過臺中公園內的砲臺山，還是得上坡繼續往電臺街的方向騎。一路就那麼上上下下著土堆般的路徑，慢慢越來越難移動，彷彿真的在爬山，一度都有攻武嶺的錯覺。那是多麼老舊的鐵馬，我踩著沉重的踏板好不容易才往前，把整個身子都往龍頭前傾，總覺得一鬆懈，我隨時都會倒退。我因此死命騎車，直沿著樹叢裡的小路，我只記得我想往北屯騎去。然而，樹林裡的路卻像是迷宮，我因此沿著路徑像是登上一座小丘，小丘上有很大的水池，我無論如何都不可能騎鐵馬渡過，只好拋下我的鐵馬，我改用游泳的方式，才發現有其他路徑在樹林中，我看見有人從北屯的方向正朝著水池走過。

長大之後，我才知道那座小丘是水源地，臺中一中附近的樹叢就像是森林，在臺中公園那座砲臺山的附近，曾經還有許多小丘，那些小丘都長在一座大土堆上，那座土堆就叫做大墩。

隨著歲月過去，河川隱沒在道路下，土丘被剷平，只剩下微微的地勢起伏，唯有騎著自行車才能覺察到的高低差異

——我曾經都不知道中區裡的故事，在長大後騎著自行車，繞著臺中市區裡那些又舊又新，或高或低的巷弄，才聽著老一輩的人說起。

五

那是個也許只能想像美好的年代。大轟炸時期被毀壞的市場，1935年大地震再度改變市區改正後的建築物，風災水患等等的影響……大撤退的時候有許多人飄洋過海到臺灣當兵，其中一個軍人進入成功戲院，軍人為了犯案，忘記隨行一起看電影的小女童，軍人引發了一場嚴重意外，小女童殞命。軍人忘記了自己為什麼出現在當時的那座島上，忘記了戰爭的可怕，忘記了……忘記。

「她在世上依靠的只有你，
只有你一個人呀，
你不要死去！」

——《你不要死去》與謝野晶子

歲月：物語

一、望み：1946年成功路二五號的豐中戲院

那時候，我還不知道怎麼化妝，剛升上高中，朋友帶著我和幾個同學下了公車，面對如今的臺灣大道右轉，在成功路的轉角有一間連鎖的生活用品百貨，同學把書包寄放後，熟門熟路轉進生活用品百貨的知名保養品專櫃，任由那些大姐還是阿姨在她臉上又塗又抹，甚至也免費為她化妝，她最後買了一堆保養品和一支口紅，然後領著書包就往成功路的方向繼續走。

那間連鎖的生活用品百貨就在成功路上的豐中戲院附近，剛化好妝的朋友走沒幾步就朝著戲院外一名男學生揮揮

手。男同學早已買好了票，我們紛紛掏錢付帳，只見我朋友挽著男同學的手一臉甜蜜狀，嘻嘻鬧鬧就要我們一群朋友陪他們看一部愛情喜劇洋片。

豐中戲院不只是我朋友的青春戀愛故事場景，豐中戲院幾乎是每一位老臺中人約會的最佳場所。舒適豪華的紅色椅子和乾淨的放映廳相對著建築物外表的些許歲月風霜，令人彷彿是走入異次元的通道，由單調古老的售票亭輾轉鑽入鐵達尼號般的船艙，靜靜觀賞洋片所呈現的一場盛宴。無論是首輪片還是二輪片，花少少的開銷，就能跟同學談論電影，聊聊明星，說一說影片裡的臺詞，想像自己走在外國的街道，聽法國的香頌，吃馬賽的烤魚，喝蘇格蘭的威士忌，住英國的古堡，搭裕仁皇太子行啟臺中的高級老爺車……我曾經都無法想像，只覺得電影院為什麼到處是紅色的，我坐在紅色的椅子上，隱約感覺到不安，就那麼適應了好幾次，才終於懂得，在燈光暗下的世界，紅色在那樣黑暗中，其實是最不會干擾視線的顏色。

陪著我朋友約會的青春，咀嚼著愛情喜劇洋片的歡笑，走入外觀似乎跟中區老房子無異的建築物，不同的是裝飾大門一圈的線腳，珠鍊式彷彿讓人連想到希臘。那隱約透露些預言般的蛛絲馬跡……就像是古蹟般的命運，時代流逝的悵然，總有一天走入歷史般的注定——朋友和那位男同學戀愛多年，終究分手。豐中戲院在2004年結束營業。

拆掉手繪電影招牌的框架仍在戲院建築外觀的牆壁上，彷若是雜亂的廢棄物。大圖輸出的電影海報根本沒維持幾年。很多年後，每當回想舊戲院，腦海中的影像，始終是戲院外那一張張一樓高般的手繪電影海報，上面永遠畫著美麗女主角和帥氣男主角的身影。那樣的海報不僅能複製放大原本外國電影海報的炫麗風景，也能依靠著畫師多年技藝去重現經典畫面裡的栩栩如真。

在二十一世紀裡，大多時候，我們只要打開手機，就能看見影片介紹。喜歡，再選擇有上映的電影院，挑適合的場次，網路訂票，等待看電影的時間到來。偶爾會路過那些僅存沒幾家的老戲院，在那樣的戲院裡，騎樓還有幾張輸出海報或是POP手寫著電影名稱，以有些復古的方式，去告訴路過的民眾，老戲院裡正在播映哪些電影。有些人也許會停下腳步，有些也許會匆匆離開，仍然有許多人會期待某些錯過的電影出現在二輪片戲院……儘管大多數，我們可能仍會準時到藏身百貨公司裡的電影院，抱著贈送的爆米花和飲料，等待新片電影開演。

她叫做林黛，那一天現身在豐中戲院登臺，所有人都為她唱黃梅調，她也只好一再加場唱黃梅調，她演的是《江山美人》裡的李鳳姐，所有人都在可靠背的木板摺疊椅為她扯破喉嚨唱黃梅調。他們在想黃梅調到底是什麼調，他們說黃梅調是歌仔戲的普通話，他們都回憶起豐中戲院曾經叫做臺灣歌劇戲院，那裡演歌仔戲的時候，他們都站在長條木頭板凳上看舞臺中的人物耍過花槍，從第一場看到最後一場，那時候沒有對號入座。林黛來了的時候，戲院已經有對號入座，想看第二場的人只好坐在走道上的板凳，他們一下子想聽歌仔戲，一下子又跟著唱黃梅調，他們都說林黛很美，他們都想當巨星林黛，他們都想唱黃梅調。

我始終記得那是「古力姆」的顏色。

無論是外觀還是內裝，雄偉華麗的電影院終究遠去。

那時候戰爭情勢幾乎已成定局，私人的小戲院紛紛成立。戰後嬰兒潮引領新的時代，那些人大部分是平民，小戲院更佳親民，不只是電影，還有更多適合平民的享受跟著那些戲院一起出現。

豐中戲院原是臺中市目前出現過的唯一女市長娘家的事業，賣的是麵包餅店，名字叫作西法食品行。

我很喜歡吃麵包，臺中市中區有過許多名聲響亮的麵包店，那些麵包店都座落在私人的小戲院附近。賣檸檬蛋糕，賣我祖父最愛吃的桃酥，賣我外祖母愛的綠豆糕，賣我愛吃的鳳梨大餅，也賣一顆一顆像土丘堆成的小山丘，一座座土黃色的小山丘裡包著「古力姆」，奶黃色的「古力姆」甜甜的，配上酥脆的土黃色小丘一瓣一瓣，像枯萎卻美味的蓮花，又像是放到過熟的釋迦，帶點淡焦糖色的外皮，充滿軟滑甜而不膩的內餡，就是我們一家老小最愛吃的泡芙。

無論是逛百貨公司，看電影，每每都會買上一顆大大的泡芙，幾個人分著吃。

最後一次經過豐中戲院那「古力姆」的外觀，我又進去看了場電影。

臺灣歌劇戲院說自己不再年輕，豐中自動車株式會社停車用的場地更加嘆氣自己的年華老去，身為臺灣歌劇戲院的前身豐中自動車株式會社停車場很羨慕臺灣歌劇戲院仍有一身磚塊華服。身為豐中戲院的前身，臺灣歌劇戲院對停車場說：「我已經快要看不見我自己，然而你正逐漸在我身邊出現。」

那是一塊在市區裡的停車場，就位在緊閉大門的豐中戲院旁。

二、刃：1950年中華路一段一八五號五洲大戲院

據說世界上有一種病，得到該病的人，會從出生前就能完整記憶到呼吸快要消失的最後一刻，那樣的人生就像是重複播映電影，還不斷更新每一季的劇情，而且永遠都拍不完，只好邊拍邊上映。

那些隨片登臺的演員們，也被迫在舞臺上繼續演戲。

銀幕畫面中，那裡的英雄都是浪人般，在大雨紛飛下，獨自面對無法逃脫的命運。

五洲大戲院在許多人的腦海中，總是很難不去注意那個

「大」字。

那是一棟獨立大樓的建築物，招牌置於樓頂最上方，窗戶全掛滿由那些擁有高超技藝的某某仙仔手繪的電影大海報。

生意彷彿會一直好下去，看那人山人海擠滿入口的大廳，冷氣超強放送。

大廳的販賣部左右都各有一間，兩間都不叫賣，兩間都不說話，兩間都會對上門看電影的客人揮揮手，彷彿他們都要對「你」說話。很多人都會呆呆傻傻選了一邊靠過去，最終販賣部的人員指了又指，才用講悄悄話的聲音對「你」說：「少年仔，要不要買汽水、麵包還是滷味、零食……」

五洲大戲院的戲從1950年開始放映，戲裡戲外都像是那些武打電影，充滿江湖的劇情，迴繞著臺中的五洲大戲院。

那裡是獨臂刀王或獨臂拳王的世界，只要走進去，演員王羽的戲演個不停。

我父親因此有過武俠夢，想著男子就該縱橫四海，注定漂泊的命運。最終他只冒險過幾次，一次是把所有積蓄拿去買一臺不知經過幾手的偉士牌機車，還自己把機車烤漆成獨一無二的鐵灰色（原本應該是銀色）。

我父親便那般打算開始和他那銀色烤漆失敗後的鐵灰色偉士牌機車，去浪跡天涯，卻老是在離家不遠處就遭遇機車莫名熄火的窘境。

還有一次，他自己一個人從山林小徑牽車，不知走了多遠的路才終於下山。

最常出現的情況，是他讓一家四口半夜枯坐在路邊，乾等那輛機車總是鬧鬧脾氣後，才又莫名答答答發動，再度陪我父親（和我們一家）上山下海。

以前戲院外，有人會兜售黃牛票。

很久不見的黃牛票，最近一次看過，是在高鐵站的樓梯。賣票的人一直對我說辛苦了，然後需不需要舒適的座位。

那樣的人曾經聚集在戲院旁，當你還在考慮要看哪一支影片，他們早已湊到你的身邊，說著某某場次的熱門，讓不看可惜的你，莫名就掏出錢。

爭議不斷的戲院經營方式，讓五洲本身就像是那些放映廳裡的電影。電影人物像是《四大天王》充滿社會邊緣的故事，努力打拼的人生，依舊是無奈被迫的命運，最後多半是想出一口氣，還是不得已的掙扎。

我總想起我外祖父對我外祖母說，是戲在演人，還是人在演戲。

下了工的人不再進入那棟建築物看電影，他們改玩電子遊樂場。

五洲戲院什麼時候消失的，該棟建築物還曾經轉業成大中華歌劇院。

在我那模模糊糊的記憶裡，五洲始終停留在我還是嬰兒的時間，我在放映廳裡一直哭，我母親只好抱我走出五洲戲院，剩我父親一個人在戲院內，看完他的武俠世界。

三、偶然：1957年中華路一段一一〇一號（中正路三一一號）東平戲院

他穿大喇叭褲和開襟露胸襯衫，他喜歡的小姐類型都穿著遮住膝蓋長度的A字裙，他偶爾對那些穿短褲和迷你裙的時髦女性吹口哨，他迷戀過穿著大圓裙子在羅馬跳舞的奧黛

莉赫本，他講英語的時候會臉紅。他最愛看盲劍客，他講的日語就跟普通話一樣彆腳。他對邵氏電影裡的武俠片不怎麼喜愛，他愛學洋片男主角的西裝頭。他的名字和中區夜晚最熱鬧的兩條路路口的診所名字一樣，那家診所原本就想當診所，後來開了電影院，轉眼又成為診所，他經常都流連在那一帶。

他抱過便當在電影院，看四個小時的《亂世佳人》，然後把費雯麗美女的形象灌輸到自己妹妹身上。

她妹妹因此對自己的女兒很傷腦筋。

他總是安慰那個圓圓胖胖的小女童說：沒關係，我們是日本的美女。

他後來看日本浪人電影的次數比西洋片還多，他還聽演歌，然後把我打扮成座敷娃娃般，又帶我去麵包店買「古力姆」泡芙。

一吃到那甜甜的「古力姆」，我就會開心直叫著：舅舅，舅舅。

那裡是兩川城外，負責運輸業務的工人始終沒有走開，跟徘徊在綠川外的東區運輸者一樣默默等在運輸線上，在柳川外的中華路，那裡也有農產品、有商業和各種生意往來的運輸需求，那裡也有人力車和三輪車。

人人都坐在板車上，板車沿著鐵軌走，靠的也是人力。

那樣的交通工具車站出現在中華路和當年中正路的交叉口上，那是兩條中區擁有夜生活的主要馬路，到處擺滿吃的、喝的、用的和玩的。

第二市場就在不遠處。

原本中華路上就是竹廣市場（竹管仔市）。

太平洋戰爭爆發，幾乎毀了竹廣市場。

東平戲院的建築風格呈現太平洋戰爭時期的樸素簡約，卻還是隱約藏著巴洛克風格的味道。

他看過的東平戲院消失了。

他那推著車收水肥的大哥死去了。

他三哥在當兵的時候，經歷過槍林彈雨。

戰爭結束後，活著的人必須想盡辦法繼續活下去。

他的世界卻彷彿還在戰爭，他不知道自己能做什麼，想做什麼，他是個什麼樣的人，他會經歷什麼樣的人生……他兩隻眼睛多半都像是在發呆，跟父母親要了錢就到電影院裡發呆，還在戲院外頭吃著小吃發楞，無意識看著一個個跳舞小姐和美國大兵經過身邊。

他驀然總想起盲劍客，他那時還很年輕，還不知道自己究竟能為了什麼，而去努力打拼。

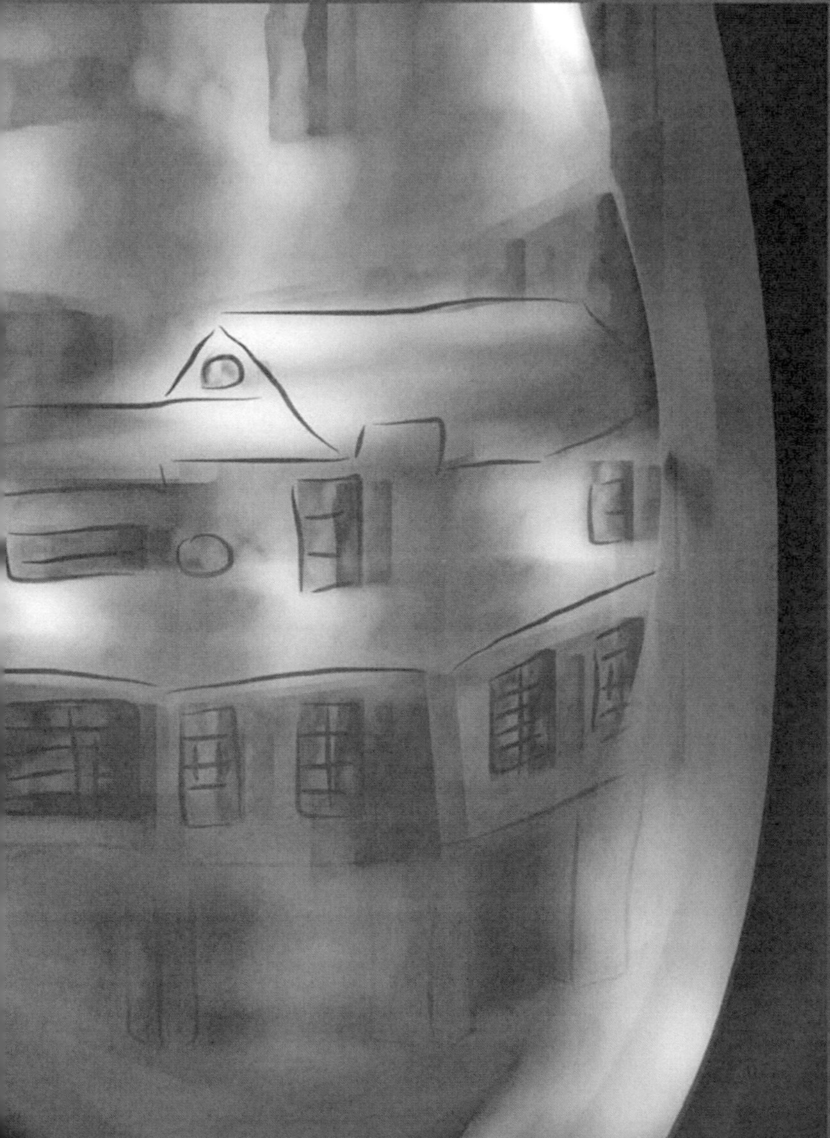

四、風景：1959年自由路上的東海戲院

在自由路口期待一家新的現代化電影院，首先必須要拆除日本時代的氣象測候所，那棟建築物就在裕仁太子行啟館的對面，也在吉安瓜子大王冰果室的斜對面。

接著，那塊地會出現一棟四層樓高的商業大樓，用的是混凝土建造。

經過一番規劃，建築物右側凹處正對成功戲院的空間，就能變身一家名為東海的戲院。

那是臺中市第一家擁有中央空調冷氣的戲院。因此，看電影的民眾不再需要拿扇子去搧，或是期待能坐在吊扇下的位子，到處都有冷氣涼涼吹過，觀眾不需要滿頭大汗就能讓自己暫時化身英雄，變成美女或帥哥，經歷非凡的人生，直到放映廳的燈亮起。

一干人等又回歸現實世界，那裡有嬰兒的啼哭聲，有幼童的吵鬧聲，有人在借錢，有人在追債，有人繼續上工，有人會開始自己美好的少女時代，穿馬靴，著牛仔褲長裙，配毛呢布料的大衣，訂做合身的襯衫，期待讀夜校的生活，害

怕到工廠跟其他女工吵架，最後還是會一起去看電影，討論男女主角的劇情。

沖水的聲音，彷彿是鬼的腳步聲。

在茅坑裡的鬼，總是安安靜靜。

如果是第一次到東海戲院使用現代化的廁所，或許會對那沖水蹲式廁所和化糞池有諸多想像，鬼因此躁動在人的腦袋。

那是一棟大樓，和一旁的舊厝沒什麼不同，全都是需要煤炭、木炭和冒煙的煙囪才能供應熱水，彷彿市區四周都有溫泉，水氣氤氳在街道上，等著那些共乘計程車的戲院觀眾到來。

在雲霧繚繞的中區，你可以選擇走路前去看電影，也可以搭一元新臺幣票價的公車，當然也可以四個人共乘計程車，計程車在市區的起跳價格在當時是新臺幣四元，你可能會在尚未跳表的時候，就已經到達東海戲院。

戲票是一張小小的長方形，有戲院的印章，有戲院的名字，有流水號，有當日的藍色日期印。

翻開背面，第幾場幾樓，第幾排第幾座。

冷氣排出冷卻水，讓水溝裡的水更加冰涼清澈，那裡才是吵架和聊八卦的好地方，當小姐都變成媽媽甚至是奶奶，她們就用水冷冷氣排出的冷水洗衣服，不禁又回想起，她們當年的少女時代。

東海戲院就像是一隻神話裡的動物，消失後，原本的地方變成一棟很普通的大樓，大樓裡，則出現一座名為一加一影城。

彷若東海戲院的輝煌存在，是一則傳說。

五、宝石：1960年興民街一五號森玉戲院

那是一間盒子，外表掛滿更多盒子，像是不規則排列的迷宮在那些窗子上布置著那棟建築物。那是一個美麗的盒子，宛若老電影《月宮寶盒》，許多人都在森玉戲院看過

《月宮寶盒》——那是一棟有魔法的盒子，充滿電影的奇幻，是眾人的生活樂趣，出自一旁靠臺灣大道的西北大飯店經營家族，曾經那棟盒子也締結了經營家族的幸福。

在戲院附近的冷凍芋則是帶給我魔法的盒子，灰紫色的芋頭被冷凍後，慢慢由蒼白的身軀顯露深沉的紫色，彷彿是染色的糖蜜從四四方方小小的一個個盒子汩出，每咬一口猶如吸吮甜甜仙丹花的滋味。

那是一塊巨大脫離日本時期建築物風格的建築，長方形佈滿裡裡外外的設計，就像是一塊尚未鍛造成船的鋼鐵，那裡曾經播過老電影《鐵達尼號》。鐵達尼號終究沒有完成旅途。森玉戲院的電影夢也如鐵達尼號轟轟烈烈展開，最後像是孤立無援在黑暗深海般，任其沉沒只剩下停車場。中區的魔法彷若從未施展，又或者是魔法困住了中區在那四四方方的格子中，等待甦醒的某天。

六、ロマンス：1968年成功路四九〇號中森戲院

洗石子的外表、一樓的磚造，與二樓的木造建築物環伺在臺中城，不只有櫃檯設在外邊把藥品包在內部的藥局，有醫生館，有賣衣服的，也有賣金飾珠寶的，在三民路婚紗街出現前，成功路早已包辦結婚需要的禮服、珠寶和嫁妝等等商店，中山路則充滿照相館，中正路上和附近巷弄都是酒家，以前不以登記為結婚依據，因此幾乎不用離開中區，新人們就能結婚，把婚禮辦到好。

中森戲院便位在「珠寶街」區域的成功路和原子街交叉口，那裡鄰近第八市場，也就是中華路的竹廣市場，現今的榮木大廈和第八市場。

原來的竹子市場消失了，取而代之的是混凝土建築。

洗石子外表、一樓磚造和二樓木造的建築物也逐漸消失。

石磚柱子和石磚「今日放映」公佈欄的騎樓間，只剩下停車的機車。

中森戲院播映過轟動一時的社會寫實電影《錯誤的第一步》，像是在預告著中區所有戲院的命運。宛如豐中戲院，

原本是設置為停車場，後來成為戲院。如果戲院也是人，人生真有輪迴的話，中區一間間的戲院彷彿都在輪迴。

我在成功路看見的是空地和許多小塊小塊的停車場，那裡的確有什麼出現，然後消失。

很想說些什麼，關於從前的故事。不知如何說起，或者不明白說了又有什麼用的心情，都好似一家人面對不願提起的往事，只好努力說些不重要的話，去掩蓋沒辦法說的話。

那種說話的場景，卻更像是所有人都噤聲不語的模樣。

我騎車經過中區，看著那些曾經真有過什麼，然後漸漸也不知道會成為什麼的空地。偶爾和所有路過急著上班上學的人一樣，腦海裡還能浮現那些戲院的模樣，最終都以為是自己記錯了。

有時候人會忘記很習慣的事物，直到最近在高速公路的深夜，被幾乎隱沒在黑暗中的紅色汽車嚇到，才回憶起，電影院裡如大紅燈籠般燦爛的紅色布幕和椅子，是如何在燈光暗下後，幾乎毫無痕跡隱匿在發光的銀幕下。

黑暗裡的光點彷彿從遙遠的星球那端飛出，戲就要開演了。

夢：浮夢

一、恋：電影裡的臺中歲月

愛你一萬年

他們在臺中孔廟拍電影，臺中孔廟後來沒蓋在吳家公館舊址，好去端詳著新的臺中火車站。有人說，戀人不能一起進孔廟。但那是電影，又或者那是傳說，從來不會傷害奇峰和橘子之間的緣分。

試著從臺中國際機場搭飛機到金門，同樣時間就會發現市區的交通，才剛把人從國際機場送到中華夜市附近。

大肚山像是一座城堡，有自己的紅土，有自己的牛，有自己的草，有自己的生活，在臺中根本還不叫做臺中的時候。

在臺中逛街，從土丘到山野，由市區到工業區，不變的是經過一座座酒廠風景的出現。

往昔存在過許多眷村和政府機關的員工宿舍，後來那些場域消失，能夠留下來的臺中市春安彩虹般的彩繪眷村，像永遠不會消失的彩虹奇蹟。

寶島大爆走

臺中有兩座市政府，一座像是貴族的宮殿，彷彿夜夜都在舊城區舉辦晚宴，一棟則在臺灣大道旁，宛如巨大的仿生獸矗立在高樓環伺的都市迷宮中。

電影拍攝的捉迷藏迷宮則在臺中梧棲老街，那裡原本看得到海，有無數的碼頭、船隻、水道和早期的先民生活。

被偷走的那五年

我們永遠無法清楚知道，我們是否被需要，我們究竟又需要什麼。

電影裡的記憶力鬆脫在過去時光……關於最美好的想

像，猶如是電影場景裡老建築物般的時空凝滯，重複不斷的日子裡，就像反覆想沖出一杯又一杯一模一樣的咖啡。

臺中有許多老咖啡館，在綠川邊，在中區，在每一條曾經熱鬧，如今卻斑駁到只剩下灰色的蕭條街道。

從大學時代開始認識的清水高美濕地，曾經也因為受傷的濕地生態而蕭條。

惠來公園附近的地底下應該曾經很熱鬧，有過許多的史前聚落，那些聚落是否也面臨過蕭條。裡頭的居民最後有沒有搬遷？鄰近的小來公園（惠來遺址）裡的小來，那男孩又是如何被留在公園的番仔園文化層中？是否還有其他史前居民曾經留下。

寶島雙雄

每一天，跟隨著時間上下班也上下學，去到哪裡談生意，或者暫時休息，接著又跟著時間返家，感覺日子正在消逝，還有更多什麼在消失，伴隨著從來沒有獲得過什麼的失落。

住宅區、商業區、工業區和重劃地，無一處沒有廟宇。

他每年都在媽祖起駕那夜，揹著一星期份量的生活，等在大甲鎮瀾宮廟前。

港都

我在臺中港看過軍艦、輪船和許多大型船隻，周遭都是貨櫃。水泥地的盡頭，那裡彷彿不是海洋，是另一道城牆，臺中港曾經擱淺。

近在咫尺

外甥女曾說起：東海大學是一座充滿奶香的大學。

朋友說：勤美誠品是臺中裡的歐洲。

路人說：臺中放送局旁邊的卡拉OK很臺中。那樣的卡拉OK就像老樹的樹冠，遮蔽更為真正臺中的老聚落——東勢子，就在臺中放送局旁的水源地。

命運化妝師

臺中市立殯儀館像是某種界線，區隔著老舊和現代的聚落，包含商業、宗教和醫院。

朋友經過國立大甲高級工業職業學校，總想著當兵的某一夜，不知道為什麼跟著一名不熟的同袍，就同坐在一輛機車上，任那名同袍往大肚山騎去……朋友好像在大肚山上某戶民宅睡了一夜。

那位朋友大學時代總帶著女友去臺中都會公園約會，那是一座很沙漠般的山丘公園，風很大很乾燥。當中的圓形狹小露天劇場，總讓朋友想像著千年以後，會不會有人以為，那座什麼活動都沒辦過的裝飾設施，曾經是什麼重要儀式聚會的場所。

記憶中，都會公園在天氣晴朗的時候，能看見海。

隔著大肚山，臺中好像在自己的夢裡酣睡，可以暫時忘卻海的驚濤。

摩鐵路之城

秋天的風都像是怪獸電影裡亦邪亦正，帶著可悲又無奈的英雄與壞人的命運，悄悄翻過大肚山，落入七期重劃區裡，迴繞，重塑，化為妖氣騰騰的妖風，陣陣侵襲都市。

逆光飛翔

波斯菊的種子再度被灑下，等在新社花海綻放。

陣頭

小學一年級的遠足活動，就是到國立自然科學博物館看恐龍，依稀記得那附近曾是佈滿樹林和水道。

臺中有許多地方也曾經蓊鬱著森林。

大肚山上的樹林則很分散，聚落很分散，碉堡也很分散。

夢裡，梧棲浩天宮的媽祖出現在夜市，讓遠在屯區的人也能祈求平安。

報告班長

那是一個很嚴肅的地方，有些人必須在那裡待個一、兩年，有些人得經歷一個月的新訓，有些人在那裡工作很久，他們全都把頭髮理得很短，穿上軍綠色的衣服，戰戰兢兢走入成功嶺。

天涼好個秋

我在市區聽過臺中博愛國小的小提琴演出，就像是在熱帶雨林間欣賞德國柏林頂尖殿堂裡的弦樂表演。

我也曾迷路，從主幹道至產業道路，才發現部落裡的道路很小很陡，在山邊上上下下曲折。

聚落旁有許多河灣，吊橋連絡著松鶴部落。

王哥柳哥遊臺灣

因為有馬龍潭路，才發現馬龍潭的故事，以為道路是幾年前才開始生長，原來早有道路長出，還有公車行經，那些地方是臺中市的郊區，以石子路和荒野出現在電影場景。

二、描写：有關電影的那些小事

回憶

我記得父親連星期日也要去工廠工作，他會載著我，經過旱溪的廢棄河道，往不知是否存在過的南門走。一抬頭，我就能看見一家跟影業相關的公司，彷彿是稱作映畫，還是影視，那樣的製片廠在舊城內也在舊城外。

時間

製作、發行和映演是電影工業的三大靈魂，臺中曾有過製片廠，為了電影夢而漂流在臺中。

何基明導演在現今臺中新火車站附近的老家創立華興電影製片廠，他請拱樂社陳澄三租下天外天劇場訓練演員二十天後，製作出歌仔戲電影《薛平貴與王寶釧》。

金山電影製片廠的創業片「誰的罪惡」，是一部三十五釐米劇情片。

中央電影公司在臺中有自己的製片廠。

藝林電影公司拍過張深切先生的文學作品《丘罔舍》，得過第一屆金馬獎最佳故事編劇獎。

位在繼光街的寶都影業社，製作過第一部臺語彩色片《丁蘭二十四孝》。

中央書局便誕生在製片廠林立臺中的年代，位置相當於臺中的好萊塢，地位也如同好萊塢明星和導演愛去的咖啡館。中央書局後來賣過安全帽，中央書局終於等到復甦的那天。

明星

在中區出現過的明星，後來以歌星為主，歌星隨著唱片登上臺中街道的舞臺。

舞臺地點又逐漸由中區移往一中商圈。

中區裡的表演於是越來越少，最後只剩下學生團體演出，也曾經什麼都沒有而空白。

放映機

火車站是臺中的放映機，把美好的時光載來，也把輝煌的歲月載走，然後日子跟有些人一樣不再回來，就像放映機裡的內容，不過就是全片播畢。

舊城也是臺中的放映機，它依然存在，持續播放著老房子、老人和舊路，儘管許多片子遺佚，舊城仍是一架曾經播映過臺中許多電影的放映機。

故事更是臺中的放映機。許多人出現，然後試圖回憶許多人的故事。曾經臺中公園的雙十路段佈滿許多泡沫紅茶店，那些店都一處一處小小逼仄在老房子中，道路狹窄直往舊建國市場和精武路兩邊延伸。

捲片器

如果人生有捲片器，那麼我們又可以再次欣賞我們的人生，觀賞臺中公園還不是臺中公園，看見大北門在自由路頭，我在中區的自由路尾吃我愛吃的冰淇淋，聞隔壁老咖啡館的香氣，然後走到不遠處的地下室牛排館，喝免費無限暢飲的紅茶。

剪票臺

許多人事物曾經駐足臺中，然後各自通過剪票臺，開始四散在放映廳各個角落……戲就要開演，燈光暗下，戲會如何發展，觀眾一無知曉。

戲院座椅

就像是買了票，誰該坐在哪裡，戲票上寫得清清楚楚。於是，臺中出現鳳麟大酒家、南夜大舞廳和醉月樓等等，在同樣的地方卻是不同的時間點轉轍，再度啟程，又開始行駛在什麼樣的人生中。

餅店、港式飲茶、北京烤鴨、浙江料理、眷村麵、山東饅頭、兵仔市、五金街、建國市場……。

日子，不過是又換了場電影。

人生，也只好再看場電影。

漂う：啟程

大部分的人都知道臺中，哪裡有好吃的，哪裡能逛逛市集，哪裡有夜市和拍照朝聖的景點，那些全都源於臺中分散的古老聚落而興起。至於中區，那座人造的舊城就像是一家經歷無數次交易，終於談妥土地，搞定了一切法律程序，簽好了合約，旅館般的舊城曾那麼盛大開幕在二十世紀初。

那裡有幾座舞臺、幾間餐廳、幾個市場、輕便車站、公車站牌和販賣商品的商店。客人來來去去，都在那座巨大旅館中休憩，娛樂，吃飯和生活。

你可以挪挪木頭棚架下的木頭椅子，然後把視線盡量放進妳的左前方或是你的右前方。假如妳是女的，妳就得坐在右邊的席位上。倘若你是男的，自然就得坐入左邊的位置。

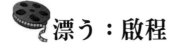

主人家的廳堂會在席次的後方，主人家的廳堂正對著前面的舞臺。如果你有幸進入十九世紀末的當官人家屋邸，你就能看見那些男女分席的戲臺，戲臺上演著梨園故事，唱的是愛情，臺下談著的從來只有國事或家事，那些人會喝點酒，那些人身旁都坐著伺候喝酒的小姐。觀眾們也許醉心賞戲，也可能正在進行相親的儀式。

舊城裡的戲臺，沒有主人家，純粹是旅館裡的設施，所有人都能買票自由進出，看的是前方木頭架上的戲臺，坐的是榻榻米，想的是少女表演的魔術是怎麼一回事，所有人都又哭又笑，又驚又慌，又拍手又尖叫，就像是集體演出，散戲後的黑夜也像是旅館畫上去的夜幕，隔天買票進入戲院前的暮色仍猶若旅館掛上的廣告招牌。

更多人都在旅館裡工作，在那等著表演，在那排練，在那練習日語，在那耍花槍，在那想劇本，在那煮著員工餐點，在那等著清潔戲院，在那候命發車離開旅館，又從旅館外把客人載進城中。

榻榻米的座位漸漸都換成木頭長板凳，在旅館的戶外，也在旅館的戲院內，靠著薄薄的銀幕和簡便的放映器材，巡迴電影讓客人彷彿觀賞馬戲團每年每期不同的主題演出。

類似臺灣文化協會的組織，也舉辦巡迴電影，在戲院辦講座或研習，把戲院充當暫時的文化學校，也表演話劇。觀眾有時候能看懂那些新劇，有時候什麼也沒看懂，他們只知道那些戲劇好像在嘲笑誰。至於那些講話很大聲，卻壓根子更不知道戲劇在演什麼的人，都是些穿著白色制服的人，也有身披高級西裝和昂貴禮服的人。那些彷彿位高權重身著白色制服或華服的人會在舊城戲裡，慢慢成為劉姥姥逛起大觀園，而那些大觀園就坐落在市場中。來自市場裡的那些觀眾頓時被盯得好像是奇珍異草，眨眨眼後，仍像是奴僕般的觀眾依然在影片中生活，觀眾們看戲也看自己，看著看著都笑了，還以白色制服下的那具人型所聽不懂的語言彼此說著，那些觀眾都笑得好開心。

真的那些穿著白色制服的「大人」會怒瞪臺上的辯士（劇情解說員），那些辯士一邊微笑一邊指著電影，還不忘對那些無聲電影加油添醋，好讓觀眾的笑聲把戲院的屋頂都給震破。

1927年的冬天，在樂舞臺召開農民組合第一次全島大會，社會運動真正在臺中的戲院上演。隔年，農民自己帶著番薯簽和一點點白米餐風露宿趕到臺中樂舞臺，以誓死的決心參加第二次農民全島大會。那時候的農業社會正在經歷巨大的演變，農民能想到的未來，以遠遠被工業化的時空給超越。

舊城那座旅館被啟用後，沒幾年就被工業革命後的人們嫌老舊，那些人多半是中產階級。那些人在工業化後懂得個人衛生，也瞭解環境整潔的美好，更懂得裝扮自己成為獨一無二，然後去進出那些更符合獨角獸風格的豪華戲院。那些戲院是工業革命後的產物，是鋼鐵的血肉，是機械的生命，是符合工業時代才可能出現的獨角獸。

舊城那座旅館沉寂過一陣子。那時候的人們一如往常外出工作上學，在特定幾天幾個時段躲避空襲，路過被美機摧殘過的戲院、市場、道路和田邊小徑。還是有人在殘破中看表演和電影，等到夜色襲上，旅館打發觀眾離席，所有演員退到幕後吃飯聊天，偶爾都以為又聽到空襲警報的聲音，清潔人員在那段時光有整整一個夜晚可以慢慢工作的時間。

美機走了，戲院裡的演講活動又出現。二二八發生後，三月二日謝雪紅在臺中戲院被推舉為市民大會的主席，那夜之後，到處是殺來殺去的聲音。外公要全家人躲在家裡，誰也不敢外出。

沒有飛機，沒有武裝卡車，零星的叫囂聲、奔跑的腳步聲、推擠的聲音和肅殺之氣充斥過臺中。

如果臺中是一座每年都會下雪的城市，那麼所有的紛擾都像是雪花，轉瞬間融化。臺中在1901年曾經攝氏零下一度，那是臺中市區改正的開始。2016年一月臺灣創下百年低溫記錄，我在幾乎山上都結霜的日子，走進綠川邊的老公寓，在充滿人文氣息的獨立書店「一本書店」，說了一場臺中史前的故事。一踏出書店，那幾乎凝滯而緩慢飄落的雨點，在瞬間消失在我的掌心，只留下凍寒。

人彷彿——又回到臺中舊城那棟巨大而老舊的旅館。

旅館裡的貴客們，後來都走了。留下來的，是被社會學稱作平民的居民。他們仍舊在舊城那座旅館裡販賣商品，工作，生活，吃飯，睡覺，請吊車把招牌擦乾淨，油漆老舊建築物，換樑下早已閃爍的燈管……抬頭看，彷彿還能看見電影海報掛在建築物外，就能知道臺中戲院演的是中影院線片，豐中戲院以西洋片為主，五洲戲院播映武俠國片，東海戲院都播邵氏電影，中森戲院是中日院線片……。

電視機普及後，轉而由學生成為支撐臺中電影院最大的消費族群。南臺中正義街上的南華戲院是臺中最老的二輪電影院，在戰後營業，卻沒撐過二十一世紀，千禧年時，南華戲院歇業，那是一棟集合式住宅，就跟舊城區裡的大樓一樣，樓下還有人在擺攤，也有人在裡頭居住。

火車鐵橋阻隔了中區和南區，也把綠川劃斷，彷彿繼續往南流的綠川不是綠川，綠川似乎只從臺中公園流入舊城區。

聯美第一大戲院就在市府路，聯美吃下的豪華大戲院則在光復路，面對著臺中公園，兩間戲院都在大樓內。公園附近的大樓裡，還有公園戲院、貝多芬影城和親親戲院。柳川邊則只剩下百貨公司的殘餘大樓裡，那播放二輪片的全球影城。萬代福在城外，鄰近臺中孔廟，仍努力播映著二輪片和記錄片。

輕便車曾經穿梭在那些戲院裡，把旅人從臺中的某個聚落運入舊城，直到三輪車和汽車取代了，輕便車那有簡易鐵軌並且使用人力便能推動的簡單交通工具的那個年代。

那時候，美妝保養品專櫃和內衣睡衣一起販賣的高級雜貨店，都叫作百貨，那些百貨都在中華夜市路邊的商家，中華夜市裡也有許多家戲院，東平、五洲、安由、文樂、金城和日新，最後只剩下日新大戲院，原本叫作中華戲院，以映演布袋戲為主。後改名新舞臺戲院，放映二輪片。最後改稱日新大戲院，上映國片與洋片，直到現今。

老戲票、老電影海報、老電影配樂、老式放映機、老式影帶、老式片盒……老電影院裡還有許多老物，各自沉默著自己見證的那些故事。

在我們無所查覺的日子裡，世界並沒有一直運轉，有些人的腳步就是停了下來，停在他最喜歡的某段時光中，彷彿是電影《怪奇孤兒院》裡的孩子，重複在同一天過著也許一樣又有些不同的時光，只因為那是對他們最好的保護，如果未來是被中斷的。

臺中舊城，泛指中區和鄰近生活圈，因為岑毓英、劉銘傳和許許多多人的一念間而出現，然後成型在日本時代的都市改正計畫。

我曾是臺中中區的過客，直到很久以後，我又回到我父母親搭火車寄放機車的小巷，去到伯父看過眼科的老建築物前，一個人徒步從火車站開始繞，順著單行道的方向，走入民族路，拐進中山路，繞上臺灣大道，行經成功路，每隔一個月就去看，有些本來還存在，有些突然烏黑然後就消失，有些人會壓低聲音以最防備的語氣問我：要做什麼？有些人會怒目瞪我，以及我手中的相機。有些人會跟我說：那一間的鐵窗比較漂亮。有些人會指著女兒牆上的字，跟我說：那些就像是廣告招牌。有些人只是經過我的身邊。有些人偶爾駐足瞅了我一眼。有些人繼續忙碌各自的生活。有些人站在遠遠的地方，冷冷望我，也望我所見的舊城區。

有人問我說：妳知道中華路上的中華國小，以前位在哪裡嗎？

我依稀還記得在一中商圈還不是商圈，二十世紀末號稱東南亞最大百貨公司的中友百貨還沒有出現，我路過大誠街的北臺中城隍廟的時候，那裡的確存在過中華國小。附近中藥行的老爺爺說，當年中華國小的大門口，就在現今中華路附近的太平國小那座陸橋橋墩的位置，他指著橋墩的時候，彷彿中華國小尚未搬遷。

在市場繞來繞去，沒有人能夠告訴我中華國小確切的地址，最後我寫信給中華國小的教務主任，主任回信告訴我說：「中華國小校地係戰時所掘的防空壕及空襲時避難用地，雜草叢生，地形不平，災後經費不足，一切均以克難的方式，請兵工派出機器及人員協助下校地才能略具雛形，至於環境之美化綠化皆由師生及工友一草一木地動手始完成。」

中華國小的確存在過中華路，就在中華路二段一一二號。

我記憶中的臺中舊城，似乎真是活在與現實不同時空裡的那些《怪奇孤兒院》的成員，他們得盡量低調，低調到最好被人遺忘，才能過上自由自在的生活。

有時候，我覺得那些傾倒的舊物，其實還想說些什麼。

它們似乎早在很久以前，就無力去說。

家鄉鹽水的永成戲院在戰後開始營業，1991年結束營業，又在2016年重新成為播放老電影和舉辦活動的場所。

花蓮富里的瑞舞丹大戲院，在1989年關閉，又在2017年九月復甦，成為老人聯誼的場所，能夠讓花蓮人重溫年少看電影的夢。

臺東則失去了曾經駐足過的電影院，池上的五洲戲院是唯一還保有老舊院廳的臺東老戲院。

鹽水老家附近的康樂路，擁有過三家電影院，因此被稱作戲院路。那些戲院後來都跟臺中樂舞臺走上相同的命運，末路在游走慾望地帶的電影。

臺中樂舞臺播映的最後一部片是《獅子王》。樂舞臺掙扎，樂舞臺想說什麼，那些在樂舞臺生活過的人、獲得歡笑的人和表演的人，他們的故事最後都瑟縮在城市最邊邊角角的回憶，隨著樂舞臺在現代大樓環伺下傾倒。

《獅子王》又回來了。我站在失去臺中第一座為平民娛樂而誕生的樂舞臺前，那樂舞臺所凝視過的水道，現今是擁有絕佳夜景的柳川。許多人扶老攜幼，又回到柳川的跟前，開始從事起另一種娛樂消遣，就像日本時代推行過的公園納涼會活動。納涼會宛如是夜市的前身，又像是小型園遊會，主要是為了夜晚消暑與三五好友吃喝玩樂，以抒壓身心。

兩川之城會回來否？

2017年綠川開始整治。

臺中舊城睡睡醒醒於綠川和柳川間，的確失去過什麼。

請貼
郵票

11466
台北市內湖區瑞光路 76 巷 65 號 1 樓
秀威資訊科技股份有限公司 收
BOD 數位出版事業部

（請沿線對折寄回，謝謝！）

姓　　名：____________________ 年齡：________ 性別：□女　□男

郵遞區號：□□□□□

地　　址：____

聯絡電話：(日) ____________________ (夜) ____________________

E-mail：____

讀者回函卡

感謝您購買本書，為提升服務品質，請填妥以下資料，將讀者回函卡直接寄回或傳真本公司，收到您的寶貴意見後，我們會收藏記錄及檢討，謝謝！

如您需要了解本公司最新出版書目、購書優惠或企劃活動，歡迎您上網查詢或下載相關資料：http:// www.showwe.com.tw

您購買的書名：________________________________

出生日期：________年________月________日

學歷：□高中（含）以下　□大專　□研究所（含）以上

職業：□製造業　□金融業　□資訊業　□軍警　□傳播業　□自由業

□服務業　□公務員　□教職　□學生　□家管　□其它_____

購書地點：□網路書店　□實體書店　□書展　□郵購　□贈閱　□其他

您從何得知本書的消息？

□網路書店　□實體書店　□網路搜尋　□電子報　□書訊　□雜誌

□傳播媒體　□親友推薦　□網站推薦　□部落格　□其他__________

您對本書的評價：（請填代號　1.非常滿意　2.滿意　3.尚可　4.再改進）

封面設計____　版面編排____　內容____　文／譯筆____　價格____

讀完書後您覺得：

□很有收穫　□有收穫　□收穫不多　□沒收穫

對我們的建議：________________________________

____

____

____

國家圖書館出版品預行編目

思慕的戲院：走讀兩川映畫之景 / 妍音, 跳舞鯨魚合著. -- 一版. -- 臺北市：釀出版, 2020.06
面； 公分.
BOD版
ISBN 978-986-445-399-3(平裝)

863.3 109006251

ISBN 978-986-445-399-3

思慕的戲院

走讀兩川
映畫之景

妍音 著

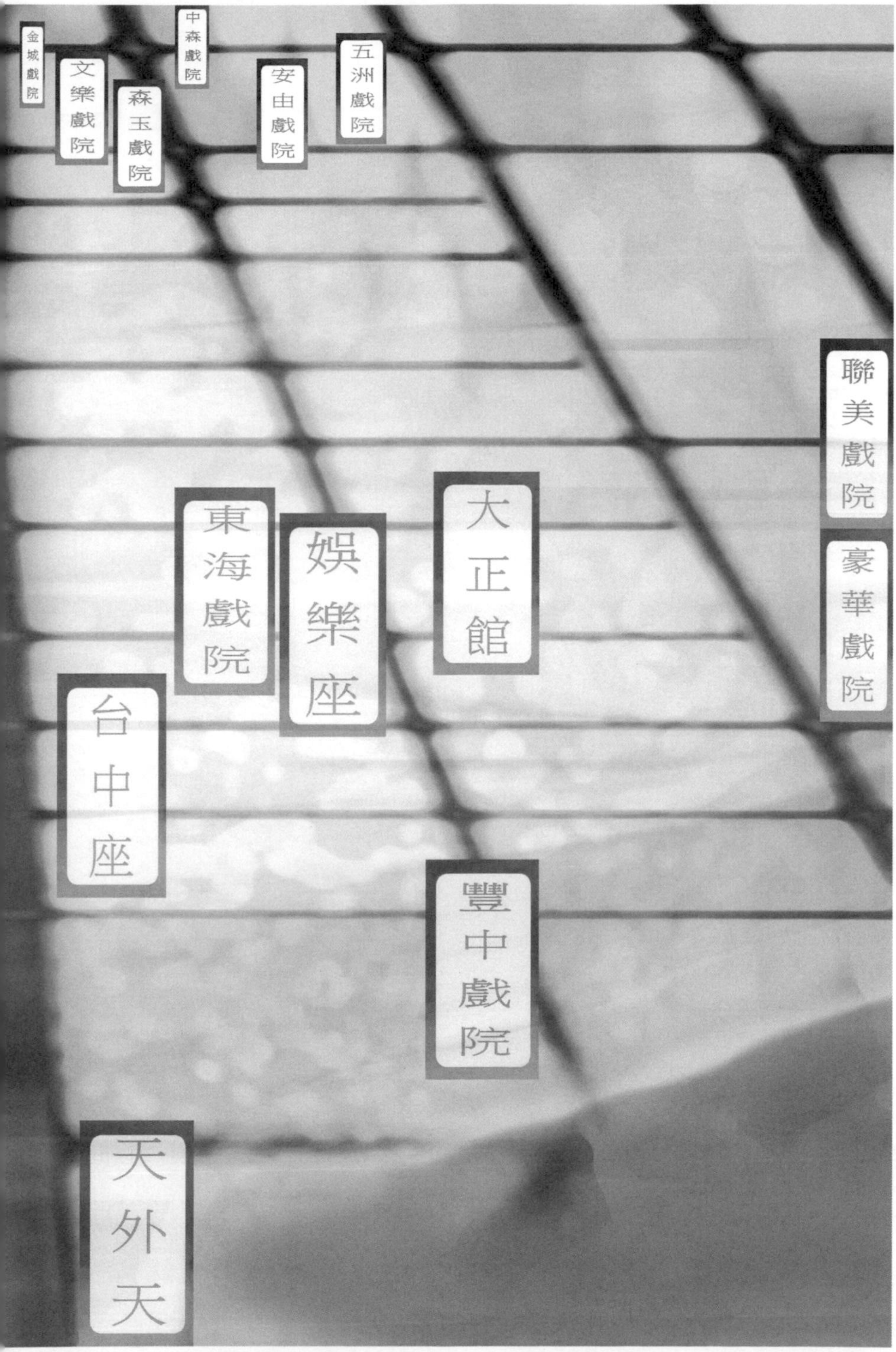
金城戲院
文樂戲院
森玉戲院
中森戲院
安由戲院
五洲戲院
聯美戲院
豪華戲院
大正館
娛樂座
東海戲院
台中座
豐中戲院
天外天

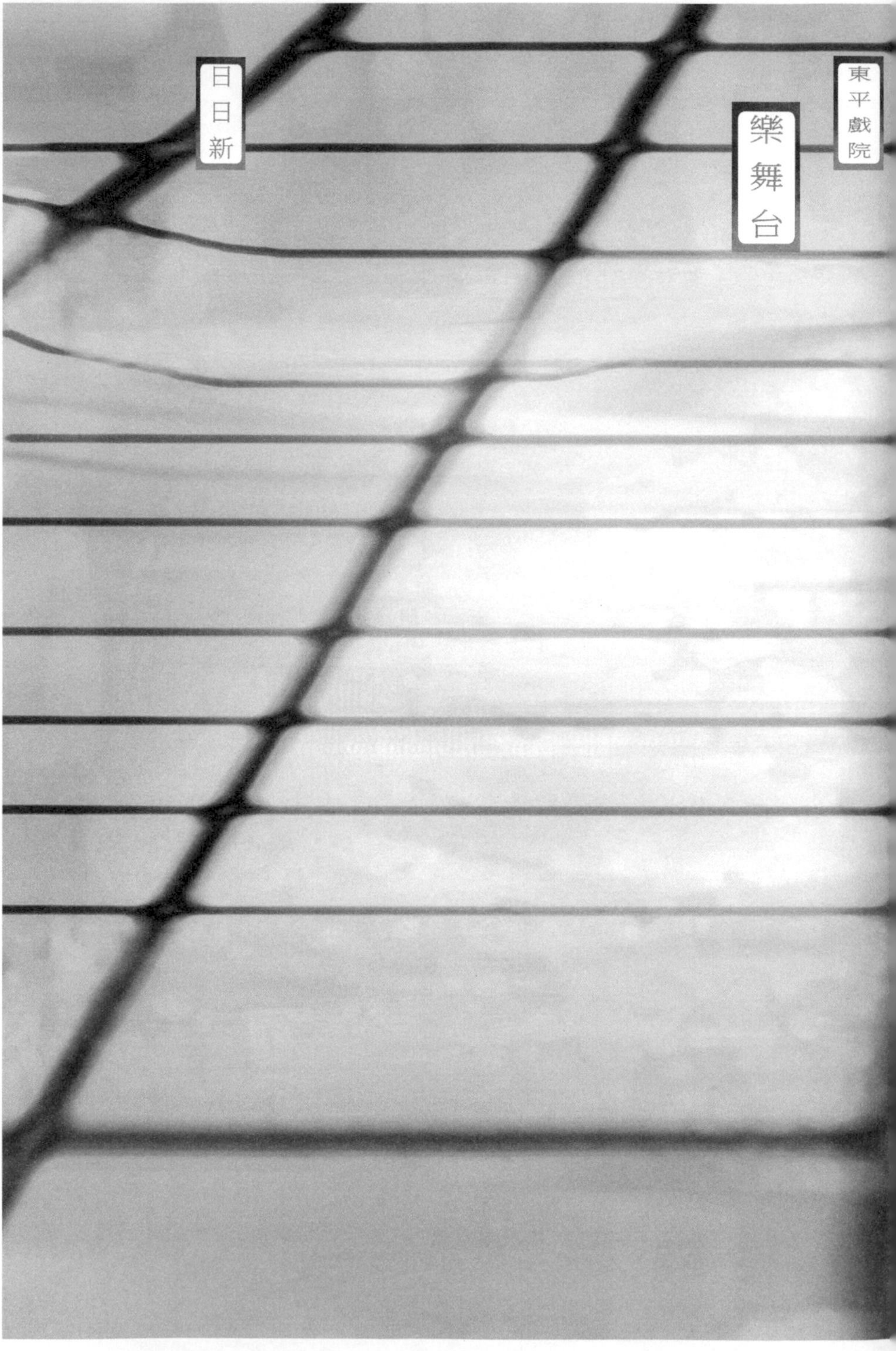
日日新
東平戲院
樂舞台

【推薦序】在愛裡相遇

靜宜大學中文系教授兼系主任　張慧芳

一個人如何愛上一座城市？為了什麼理由停留在一個城市，又為了什麼理由離開了一個城市？

城市在歲月裡輝煌凋零，老去又重生；人也在歲月裡，一代新人換了舊人。拿什麼來敘說城市與城市的人，才是最妥貼的呢？本書提出了她的視角，以戲院與戲來書寫一個城市與城市中的人，而這座城市是母親的城市。

以戲院與戲來書寫一個城市的性格與氣息，是多麼溫暖的事。戲院/電影院附屬於城市，起落更替皆隨城市。電影院裡所選擇放映的電影，縱使類型與趣味依時代或政局而有取捨偏向，電影文化終究是城市文化中既寫實又超越的一景，而城市與人也在戲裡得到歇息和安慰。

本書有二部，由妍音與跳舞鯨魚兩位作家分別書寫，共同成就。

【戲院人生】是妍音執筆。以〈大墩女的喃喃自語〉開場，轉入主題之後採古典的四段式結構呈現，含括一、〈昔：東洋風情〉，二、〈空：各具特色〉，三、〈虹：獨領風騷〉，四、〈塵：中華路上〉，各段又分五節，最後收束於〈叨絮兩川〉，是端整的大家風範。

通過史料與札記的交會，妍音以近乎口述歷史的方式娓娓道來，堅硬的史料在文學溫軟的懷抱中漸次化開，節奏不疾不徐。

故事以母親為軸心，向外輻射出去，阿祖、外公、外婆、父親、姊妹、男友……層層環繞。雖然跨越了很長的時間軸，描述了很多家庭成員，但全體是一氣呵成的完整感。可巧自小即跟隨外公看劇的母親，長大後又在電影業工作，一路見證了沖洗、剪片、播放的過程，以及戲院的滄桑；電影與人生因此不再只是一個象徵意義上的連結，而是如有神賜的緊密關係。

整部故事樸實平緩的將親情、愛情和友情，共同揉和在時代更遞物事變遷中，朗朗晴日與幽微矛盾，率皆點到為止，而自有厚度與質量。那一種篤定，是內心未被市井粗礪給磨損的童真，彷彿一切美好都將如約而至。至若年代過早，記憶不清的城市景況，便輕輕幾語機靈狡詰的滑過，歷史也不曾因此斷落。

姸音行文所在時露小兒女軟嫩鮮活的孺慕之思，雖有滄桑而不現。她彷彿凝定在那個遙遠的歲月，癡癡地看著聽著母親與父親，看著聽著外公外婆，然後慢慢長大，緩緩回首。時光如流水，家庭式的春風和煦與陽光普照，讓所有的悲歡、扞格、隱忍，都得到寬諒。霎時間，一代人逝去，城市老了又新了，她還在那裡，而母親父親外公外婆和其他人也都在那裡。

【兩川言葉】是跳舞鯨魚執筆。從結構上看，由十個子題綸結而成，十個子題的前二個子題談城市的變遷，後八個子題談電影。

前二個子題，分別是：一、〈映画：臺中兩川城初印象〉。由遲暮婦人濃妝下的皺紋與斑點，帶入兩川的印象敘述，再連結到父親母親約會的電影院，這樣的鋪陳已然預示了全部傷感沉鬱的走向。二、〈映象：一曲河川〉。此一子題類似地理導覽與歷史的還原，作家忽近忽離的筆致遊走於舊日姿態與如今面貌之間，要在劫餘的廢墟裡尋覓生滅的蹤跡。物換星移，滄海桑田，歲月流失成為傳說，人在其中又被拋擲在其外。

第三個子題至第十個子題，文字風格明顯有了轉折，替換成生活化的口語敘述。第三子題〈青春：生活與電影〉由三節〈生活+電影〉組合成。第四個子題之後，只第六子題以季節切割，其他皆以數字切割分節，各子題的

節數不等，文字繁簡亦不一；或以第一人稱或以第三人稱，悠悠說出電影院與電影與人的絲絲縷縷，似散文似小說，將乾枯的回憶反芻再封鎖。

【兩川言葉】，每一篇都是獨立的散文，整部以不整齊的凌亂結構搭建而成，敘寫中甚至不斷更換敘事者的人稱。割裂的、拼湊的、雜沓的、散漫的、疏離的書寫，旋律起伏不可謂不大。

跳舞鯨魚的文字與情感之間有一種奇異的剝落感，因這剝落感，感情的澎湃都被壓抑為冷色調。跳舞鯨魚是否有意以這樣的結構，去反照不同政權風吹雨打下，真正的卑微強悍的庶民生活，泛靈浮幽似的一部浮世繪。

妍音是我多年好友，我們念的同一所大學，前後留任系助教。後來我走向學術之路，她則在文壇筆耕不輟，所關注者從家庭兒女，一磚一瓦一草一木，擴大到家族社會與城市。如今雖已耳順，字裡行間猶瀰漫著溫柔的生活的愛，細看來仍是那個少年。

我在離藝文圈漸行漸遠之際，因妍音此書之寫，得識跳舞鯨魚，十分歡喜。

妍音與跳舞鯨魚，種種不可調和的意境與氣質，究竟為什麼能錯糅融合

為一書，成就一個母親的電影的城市，可能的答案就是愛吧。

人間的愛，讓一切的苦難在發生的當下願意去承擔，在回憶裡得到救贖。生活的甜美與罪過，全化做成長的春花。城市是為了與人相遇，書籍何嘗不是？為《思慕的戲院——走讀兩川映畫之景》寫序是我的榮幸。

【推薦序】你生命中最思慕的戲院在哪裡？

自立報系百萬小說獎得主《失聲畫眉》作者　凌煙

不論是一首詩、一篇散文、一部小說，好作品的基本條件就是能觸動讀者的心，引起悠悠共鳴。

看著妍音與跳舞鯨魚合著的《思慕的戲院》，我也想起屬於我的戲院回憶，十歲才從東石園仔內的農村來到憲德市場落腳，人生中的第一場電影是在憲德戲院看的，我唯一著迷的偶像明星是孟飛，他演很多武俠片，我剪貼所有關於他的報導，因為喜歡俠客與英雄，所以註定得隨我的男人浪跡天涯的命運。

《思慕的戲院》這本書有兩個作者，其實是兩部作品，只是都以臺中為背景，都書寫已將被人遺忘的老戲院，不同的是兩位作者分屬不同世代，有

不同觀點追憶那些老戲院的風華與興衰，加上屬於她們不同的生命故事，成就這本耐人尋味的作品。

由阿祖帶大的妍音，與跟著阿嬤長大的跳舞鯨魚，在臺中生長的過程中，從長輩嘴裡聽了許多老故事，這些點點滴滴關於女性的生命歷程，像一幀幀老照片，也像一部部老電影，不時在心中播映，她們童稚眼光看到的一些老戲院興衰史，也是老臺中人共同的回憶，她們看臺中這個城市的發展與變化，熟悉臺中的讀者也能在自己的腦海找到那些影像。

深刻在妍音腦海裡的幾家老戲院，結合了身為養女的母親的生命故事，從貧困家庭出養到富裕人家，年輕守寡的外婆是最資深的追星族，一九六三年黃梅調電影《梁山伯與祝英台》在臺中戲院演出，凌波隨片至臺中巡迴宣傳，她的外婆竟然得以到凌波下榻飯店一睹明星風采。而更早的追星鐵粉，則是她的阿祖，一九三三年歌仔戲最風光的內臺演出時期，戲班來樂舞臺戲院駐臺演出一唱就是一整個月，她的祖母是當時知名歌仔戲演員來好的忠實粉絲，不但每天去看戲，還把來好請到家裡做客，也常帶她母親去後臺玩耍，親如家人般相處。

我得自立報系百萬小說獎的作品《失聲畫眉》，是以親入歌仔戲班學戲的經歷寫成，那種對歌仔戲著迷，對演員心儀的情感我懂，雖然我小時候看

戲已在廟口，歌仔戲的風光不再，但從戲班丑角兼管事豆油哥口中，還是聽到不少屬於她們那世代的美好回憶，也因為對歌仔調的喜愛，連帶也喜歡唱黃梅調，學校康樂活動總是找女同學一起唱戲鳳。所以當我讀到妍音描述她外婆追星凌波，祖母迷戲班來好的事，讀來趣味十足。

妍音寫的樂舞臺與跳舞鯨魚的樂舞臺有全然不同的故事，妍音著重於家族書寫，跳舞鯨魚則將許多回憶與歷史化成一篇小說體的文章，藉男女主角觀點，從樂舞臺周邊地緣寫起，寫到待過樂舞臺的布袋戲大師李天祿，與歌仔戲電影化的興盛與沒落。

關於臺中戲院、天外天、金城、聯美、五洲、文樂、東平等老戲院，妍音與跳舞鯨魚都有許多成長的回憶與家族故事，你呢？你生命當中是否也有令你思慕的戲院？連結著甜蜜的、悲傷的、美好的、溫馨的回憶，那戲院安在？

【推薦序】思慕的戲院，有味的城市！——《思慕的戲院》

國立臺中科技大學應用中文系教授　林翠鳳

數不盡的喜怒哀樂在螢幕上悲歡離合，更多的世代青春在這座百多年的城市裡交替傳承。曾有的繁華亮麗，而今是寶箱裡的收藏！臺中人共同的回憶，在妍音的高揚與鯨魚的躍舞中重新鮮活！是老臺中們重溫的古早味，也是小臺中們認識在地的新鮮感！

臺中都心綠川與柳川的兩川之間，現今的中區及其周邊，彰顯過都會的時尚風采、經貿的熱絡印記，以及人文的美麗薈萃，至今活躍！電影是時髦的新藝術，日本時代臺灣開始有電影。作為新興的都市，電影院的先後林立，是臺中迅速崛起的重要象徵，更帶動著都會的文藝與商業奔放交流。

兩位大墩女青帶領著走讀兩川映畫之景，宛如走回時光長廊裡的當年，還是個小女孩，跟著父母兄姊到處吃喝玩樂的逛。絮絮叨叨的家常語、生活的悲歡閱歷、時間空間的印象和走踏，圍繞著一家又一家的戲院，傳述著一個又一個的故事。女性的溫婉、觀察的細膩、意象的生動，讓文字自然內蘊著勾帶人心的暖度。加以時代的考據與場景的踏察，讓時空都有了座標。《思慕的戲院》裡是人情，也是歷史；是個人、家庭，也是族群和世代。在這裡，臺中的城市風貌立體了，戲院的歷史特色鮮明了，電影院和生活的糾聯深刻了，這個城市、這些人，彷彿都活回來了。

隨著悠遊臺中的各家戲院，好似再青春一次。臺中有好多家戲院呀！看看樂舞臺有默劇也演布袋戲，天外天劇場氣派猶存，豪華戲院還是人潮洶湧的地標，看首輪洋片到聯美戲院是最時尚的了，在主播社會寫實片的中森戲院裡總感覺可能會撿到槍～

E.T.外星人降臨臺中時，整個城市為之震動。爸爸牽著我和弟弟的手，在爆滿的豐中戲院裡好不容易坐定位。散場後，爸爸帶我們散步到附近的第一市場吃蜜豆冰。弟弟還說，如果外星人來臺中，要帶他也來吃碗蜜豆冰。晚上，姊弟一起仰望夜空，不知道外星人會不會來？

那年十六歲來臺中，我穿上新鮮的小綠綠制服，從此穿梭在自由路、康樂街、市府路之間。洪瑞珍的三明治總吃不膩，建國路鐵道後的南華戲院播放著二輪電影。片子上檔時，我們這群綠女會約個假日，換上牛仔褲去看便宜的電影。當然，一定也要去戲院前不遠的外省老伯伯麵攤，點一碗吃了就會忘不了的大滷麵。我和白瑞德、郝思嘉的邂逅，就在南華。

我們其實思慕著在這個城市裡的曾經，思慕著生命裡年少的自己和在乎的人，思慕著理想和現實交手之後的沉澱。越是經歷時間的淘洗，回憶越是有厚度。電影終究有散場的時候，戲院也有回顧風光的一天，人生又何嘗不是？所幸因為思慕，傳說會繼續纏綿；因為思慕，戲院持續上映、電影始終精彩；因為思慕，青春不老，溫情長存！

《思慕的戲院》，濃濃的懷舊復古，細細的常民生活，暖暖實實的擁抱！

思慕的戲院，兩川映畫隆重上映！

有味的城市，臺中經典輝煌向前！

目次

虹：獨領風騷

塵：中華路上

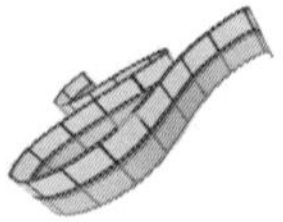

戲院人生

大墩女的喃喃自語

有戲？沒戲？
誰在演戲？
戲院還在嗎？

離開逾三十年，想起生命最初的中區，而今依然否？

彷彿演了一齣戲。
那戲，喚作「人生如戲」。
自己是主角，也是他人戲裡的配角，當穿走戲院看著銀幕放映的一切，
誰人演出誰人觀賞？
不都一樣？

年歲愈大，愈是想起以前的時候多。
母親晚年忒愛回憶她的兒時，我聽著臺中座、娛樂座，彷彿天方夜譚，

卻填滿母親的童年，我無法碰觸的記憶。

每每遙想，依舊無能想像出榮町的臺中座與大正町的娛樂座，怎般華麗？即便是後來轉型成為臺中戲院及成功大戲院，我腦海中的影像仍然匱乏。

而隔著自由路與成功戲院遙遙相對的東海戲院，那兩扇左右開闔的鐵門，記憶很深，看板上的電影劇照煞是好看，誰畫的從不在意。

後來想到最多的是，兒時牙疼父親帶我去拔牙，父親果然守信用，拔牙後帶我去中東戲院看《盲劍客》。坐在腳踏車前方小座椅迎著夜風暢快而去，那記憶鮮明如昨日。

我跟隨父親爬著中東戲院外牆鐵梯直上二樓放映室，父親與熟識的放映師朋友閒聊幾句，我們再由放映室進入觀眾席，彼時不知這是人情是特權。

中華路上的安由戲院，記憶也深刻，小學時候學校每學期安排電影觀賞都在安由，《秋霜寸草心》從那時牢記到現在，常以為自己也如李潤福一般清貧。

成功路上的豐中戲院，因為母親與東家熟識緣故，我常有招待券，許多膾炙人口的西洋片《上帝也瘋狂》、《郵差總按兩次鈴》便是與男友（後來的先生）同去觀賞。

中森戲院和森玉戲院可能有人會混淆，但我清楚，只因三姊的婚宴設在森玉戲院斜對角的餐廳。這兩家戲院上映過的電影，我或許也熟悉，但熟悉不因我親臨，而是姊姊們觀賞黃梅調電影後買了黑膠唱片，我在家唱著不熟也難。

人說還有文樂戲院別掛漏，我說金城戲院就在竹廣市場邊上也不能不提，當然更不能不提中華路上的五洲戲院，五洲戲院老闆娘與母親是閨蜜，從年輕到年老。

猶記得林青霞與張艾嘉主演的《金玉良緣紅樓夢》，我即是持著招待券與男友同去五洲觀賞，然後便唱熟了電影插曲「眼空蓄淚淚空垂，暗灑閒拋更向誰，尺幅鮫綃勞惠贈，為君哪得不傷悲？」

「滿紙荒唐言，一把辛酸淚，都云作者癡，誰解其中味？」改編拍成電影，仍然辛酸，仍然無解，戲院裡陪著掬一把淚。

從那時到這時，花信到花甲，終是深刻體會了。

戲迷無非是癡，癡得相信那戲那劇。

昔：東洋風情

臺中座，虛無第一座

二十世紀臺中最初劇院

由母親生前的敘述，臺中驛站櫻橋通（後來的中正路，現今為臺灣大道）曾有一頁華麗。

那熠熠生輝的是棟建物，不同凡響，圓拱形建築就在榮町巍峨聳立，從此吸引來往路人目光。

那年一九〇二，我在哪裡？你在哪裡？

那年是明治三十五年。

我的母親甚且還未來到人世，還未誕生在乾溝子清苦的輕便車車伕家裡，當然也還沒出養至疼寵她成小霸王的川端町莊姓人家，但這座母親一生

恆常念念不忘的臺中州第一家，日資民營播放日劇的劇院，卻早她二十幾年生出來了。

所有者是臺中座株式會社，經營者則是石川太一郎的臺中座（今臺灣大道及繼光街口，地號則為繼光段四小段一號），讓臺中的氣味更臺中了。初期臺中座僅僅日人能入劇院欣賞日劇，後來臺籍人士也被允許賞劇，但此般娛樂仍非一般市井小民勞動階層所能涉入。可那人人趨之若鶩櫻橋通榮町市街的劇院，足以讓那清苦年代的普羅大眾茶餘飯後閒談一二了。

劇院種種，那年代是為著在臺日人娛樂考量，即使一九〇八年改建，依然不是為臺中的本地人做調整。即使到了一九四四年（昭和十九年、民國三十三年）終戰前一年，來自員林的藝能挺進隊在臺中座表演愛國話劇，仍然是受日方鼓勵的新劇，而非照顧多數臺中市民的娛樂取向。

從臺中座到臺中戲院

二戰結束，臺灣光復，日人遣返，日資的臺中座何去何從？

屹立臺中市街的劇院建物，純然是座建築物，理應不具任何政治色彩，無法打包的劇院，能夠繼續提供臺中市民娛樂服務，接管臺灣的當局理所當然接收，建物產權後來移轉為中影所有，去除了濃濃東洋味的座字，改名臺

中戲院，仍然安身一市之名，是眾多臺中人的戲院，以放映中影拍製的國片為主。

一九六五年（民國五十四年）中影出品的政策性電影，由葛香亭與唐寶雲主演的《還我河山》（即田單復國記）首映會，除了戲院前堆滿祝賀花圈，戲院裡更是座無虛席，甚至還有買站票觀賞的民眾。而執導《梁山伯與祝英台》的李翰祥導演，所籌組的國聯公司與臺灣電影製片廠合作開拍的《西施》（江青主演），於一九六四年（民國五十三年）於臺中戲院上映時，亦是造成盛大轟動，據說我那喜愛古裝劇的外婆也是萬頭鑽動中的一員。

事實上，自五〇年代之後，臺中戲院也放映香港邵氏公司拍攝的電影，如一九六三年（民國五十二年）放映的《杜鵑花開》（杜娟、張仲文、趙雷、文愛蘭、喬莊等人主演）與《楊乃武與小白菜》（李麗華、關山等人主演）等片。再後來李小龍主演的《精武門》、《猛龍過江》應是都在臺中戲院放映過，至於是否空前賣座？想當然爾是這樣的，根本不消多說。

電影文明，廢棄物？

隨時推移，過往歲月裡臺中戲院的電影文明，一如戲院本身的命運，一點一滴褪去痕印，最終輕煙散去，夢一場。

記憶裡那處曾與我一家姊妹的青春並行，可如今臺灣大道一名大器響亮，卻難能再有昔時中正路的貼近生活。

民國六十六、六十七年間敵不過新興戲院的競爭，戲院土地售予北屋百貨，那之後，始自一九〇二年的臺中第一劇院臺中座、臺中戲院慘澹於怪手下傾圮，灰飛煙滅了。

而這時你在哪裡？我在哪裡？

母親也早已不進戲院看戲，她的年歲已然知天命了。

可母親依然津津樂道她記憶中的臺中座劇院點滴，姊妹則談著之前戲院裡觀賞的國片日片韓片西洋片，談到劇情如何如何的感人肺腑時，還不免一掬清淚。

到底哽咽的是什麼？

臺中老城區曾經華麗的劇院，以及一頁珍貴的電影文明嗎？

那一頁究竟是電影文明？抑或廢棄物？

憑弔，小ようこ的歡樂

想像，寒流來襲，瑟瑟寒風，幼年母親隨著她的多桑，以及她的阿嬤，

三代人扶老攜幼，走在櫻橋通向著臺中驛方向走著。

冷空氣凍得小女孩雙頰紅紫，可她卻是雀躍歡喜，腳步輕盈得快飛起來了。她的阿嬤急急喊著，「慢慢仔行，毋通蹯倒。」

小女孩眼眸子星星一般晶瑩，呵呵笑說才不會呢！

那個陪著娘親帶著女兒直奔劇場的男子，開口白煙徐徐裊裊上升，他向娘親說女兒高興要去臺中座看劇，然後他又喚著小女孩，「ようこ，不要跑太快，劇院快到了喔！」

我喜歡外公給我母親的名字，我彷彿在遙遠我未曾來到之時便已聽見那聲聲「ようこ」了。

幼年母親曾經於臺中座觀賞過什麼劇，後來母親記憶中幾乎蕩然無存，唯獨那座無論何時母親說起都發光似的建物，恆常鐫刻腦海，哪怕在她暮年時候。

憑弔，外公的深情

母親暮年的劇院追憶裡，始終少了外婆的面貌。

我總奇怪，有心出門看戲，外公何不攜兒帶眷，全家一起同行？

後來母親說了，外公陪著她的阿嬤我的阿祖劇院看戲，怎會有外婆的席次？

原來，婆媳自古便是一門功課，修習者是那夾在其中的男子，外公應是深諳其中況味，凡他娘親有興趣看的戲，便不邀妻子隨行了。

外婆不追劇嗎？不然、不然。

外公不陪妻子看戲嗎？非也、非也。

母親不只一回述及，外公總藉口晚餐後散步，阿祖首肯後，與外婆兩人步履輕盈走出家門，幾次夜深露重方返家，家裡等著的老少咸是心照不宣，這兩人必是看戲去了。

閉目，我便看見，或許暖春又或秋涼，逐風相偕看戲的夫妻，笑聲吟吟，卷軸了一幅畫。

外公英年早逝，留給外婆的必是那慣看的秋月春花。

若不，《梁山伯與祝英台》的愛情何能箝住外婆，一回兩回看過無數回！

憑弔，未亡人的信念

戲院看戲，人生演戲。

鐵粉演的又是哪一齣呢？

我的外婆，追星追得勤快，足以教人瞠目結舌。為了一睹明星風采，排除萬難，鑽各種能夠掌握之漏洞，以達到與親見偶像的行徑，更是令人匪夷所思。

一九六三年香港邵氏公司製作，李翰祥導演所執導的黃梅調電影《梁山伯與祝英台》風靡全臺之際，行將花甲的外婆帶上二八年華的大姊，一慣晚風裡散步，戲院裡看了再看，情境猶在胸間縈繞，遂又買了黑膠唱片閒暇時哼唱悠然深情。

必然是移情，由外公到梁山伯再到凌波，已然遠去的外公留給外婆美好憶念，堅貞的梁山伯不過是電影故事人物，主演凌波小姐一顰一笑都是活靈活現，外婆不迷也難。

難以想見的是，民國五〇年代初期民風不若今時開放，出生於光緒三十四年的外婆，竟已獨領風騷，衝在追星第一線。許多年後大姊回憶她和外婆的戲院經歷時，說起她怎麼想也想不透，當凌波至臺中巡迴宣傳時，外婆神通廣大，竟然有本事越過一層層保全，混進凌波下榻的臺中飯店見到偶像。

外婆或許思念外公，那些往昔她生活裡的美好，在她未亡人的歲月裡，也唯有轉移至電影戲劇，以及主角。

憑弔，我遺失的經驗

終戰後，臺日仍有邦交，臺中戲院維持播放日片的作業，一九五六年（民國四十五年）美空雲雀、江利千惠美、雪村泉等人主演的《羅曼斯姑娘》便是。

五〇年代之後，臺中戲院除了放映中影製作的電影外，也放映香港邵氏公司拍攝的電影，邵氏電影有《杜鵑花開》、《楊乃武與小白菜》等片。

至於中影出品常有政策性電影，一如葛香亭與唐寶雲領銜主演的《還我河山》曾造成首映時戲院內外滿是祝賀花圈，戲院裡座無虛席外，還有觀眾寧願買站票看戲。

可都是我無緣共襄盛舉的年代，什麼也沒入過我的眼。

李翰祥導演籌組的國聯公司與臺灣電影製片廠合作開拍的《西施》（江青主演），於一九六四年（民國五十三年）於臺中戲院上映時，雖是我已呱呱落地，但那萬人空巷轟動整座城市，並引動喜愛古裝戲的外婆擠在挨挨蹭蹭戲迷裡的經驗，小鬼頭的我焉敢妄想？

大姊呢？早已是外婆領出來的戲迷。

至於我，不若母親與大姊長女排行，各有疼著的外婆領著追戲。

於是，我非早早就愛看戲。

直到很久很久以後，我才經過臺中戲院，駐足於布告欄前，劇照聊備一格。

我是否購票進臺中戲院觀賞？

那經驗，應該珍貴，卻已然遺失……

大正館，高砂演藝場

高砂演藝場，寶座

起因於母親暮年常常說起日治時期臺中的電影娛樂事項，於是開始追著母親的敘述跑。

大正館是最初母親口述的「映畫常設館」，即便早已不存在，母親的記憶仍然牢牢扣著大正館，但有許多大正館的前身，母親的記憶拼圖裡是殘缺的。

直到循著歷史的脈絡走去，才在記錄上覺察最初的命名是「高砂演藝場」，後來也有一稱是「高砂演藝館」，甚至還有「寶座」一名。

不明白原出資人何以將一處放映電影處所命名為「高砂演藝場」？高砂之意何在？較貼近原住臺灣的族群嗎？令人費解。

至於「高砂演藝館」只是一字之差，無甚差別，依然呈現了是演藝處所。而「寶座」之得名，大膽猜測應是此館便座落寶町之故。

關於這些，母親無所知，想來那是在母親能記憶之前的年歲裡。

臺中座經營者接掌修繕後更了名，更具東洋味，且合於當是時大正天皇的年代，「大正館」於焉誕生。

此後，臺中人或許都清楚寶町曾有的臺中第二家劇院，是大正館。至於大正館之前的變革，沉在歷史記錄裡。有心查閱的，查察之後便記憶了。記憶，直到現在。

短暫生命的戲院

臺中市區裡有為數不少的戲院，雖僅有幾家始自日治時期便存在，但無論臺中座、樂舞臺、娛樂座、天外天，甚至加入偶爾也放映電影的臺中公會館，都能存在一段時間，直到戰後日本撤離臺灣，還能見到身影。即便後來幾家日治時期頗負盛名的劇院，轉作他途，甚至根本拆卸了原建築，原地蓋起新潮時髦的建物，但至少在臺中市承載市民娛樂的歷史裡曾經發光，也在

家家戶戶祖輩敘述中得以見天日。

唯一一座存在極短暫時間的劇院，鮮少有人知曉。

或有人記得臺中市寶町的大正館，那必是生長在日治時期的耆老長輩，否則就只能由歷史資料中獲知，翻閱資料也才更能探知大正館的前身了。

西元一九一一年（明治四十四年）落成的「高砂演藝館」，理應算是臺中第二家劇院，由古川增五郎等人投資設立，座落於寶町。但經營才過兩年，西元一九一三年（大正二年）就被臺中座社長杉本安茂接收買下，自西元一九二一年（大正十年）開始作為「映畫常設館」，由日人二神種茂負責，並更名為「大正館」，同時也和「國活映畫社」簽約，專門放映電影。

何以臺中座接手經營後要更名為大正館，應與當是時乃大正天皇時代不無關係吧！

這年代太早了，早到我的母親還未來到人世。

若我有親人曾進出大正館，想來應是小ようこ的多桑我的外公，那時他正青春年少，對於映畫應會有相當程度的熱衷。

大正館幾人知曉

我所知道的大正館是來自母親的口述，往昔不曾加以細究，一直以為是

母親如進出樂舞臺般的進出過大正館。

那些年，任由遐想誤解了母親與大正館。

關於映畫的事，勿寧說關於母親年輕的生活，姊姊們不若我這麼有興趣。

我只是聽著母親與同輩親朋好友的對話裡，問著年歲時不說民國年號，而是以明治、大正、昭和多少年論算，因而好奇那樣的情懷，是怎般依戀，而這依戀對象還是曾經殖民臺灣的敵對國？

因著母親，我追著她行過的路數，想一探日本在臺灣的種種、種種。

母親知道大正館，想來是她的多桑閒聊時說過，又或者母親任職州廳及縣府（戰後初期臺中縣市政府合署辦公）教育課電影股之時，於資料中知悉一二，甚或其後母親與她的閨密好友談到各自生活時，由友朋處知道的點點滴滴。

總之，大正館留予臺中人清晰記憶的，大約只到母親那一代。

想我等姊妹這一代，除開我，姊姊們都不知道臺中在日治時期有一座專門放映日本電影的大正館，而我，只是將母親口述過的內容，與收集到的資料，做了一個整合。

現在，若你在臺中市由自由路二段轉向成功路，背對著火車站，你必會走過百年前的大正館所在處。

可朗朗晴空下，多數人都不知。

更可惜的是，如今該地空空如也，沒有電影，沒有劇院建物。

廢棄了，電影文明

成功路，來來去去走過無數回，當我年輕經常穿走臺中市街時。每年固定時間，母親會領著我們去成功路二一二號「媽祖宮」（其實是萬春宮）禮拜，祈求媽祖賜福，無論是歲末年初，或是我們姊弟聯考與就業，母親咸是相信誠心禮拜媽祖，媽祖必會保佑如願以償。

禮拜媽祖之後，若欲前往第一市場，必先經過與成功路垂直的市府路，很快便會經過成功路一六〇號（現今為意文飯店）。往日我走過，不曾留意，與母親同行時，或許她曾指給我看過，那地方是日治時期的大正館唷！

大正館確曾在此處，如今實際地址是否就是那門牌號碼，也不得而知。清清楚楚見證大正館的興起與衰落的人士，早已自時間洪流退場，他們或許沒想到城市變遷也如此快速，電影文明隨時推移下嶄新了技術，但劇場卻廢棄了。

該如何說？日治時期大正年間專映電影的館舍，沒有稍具遠見的人士為她延續生命，時代過去了，文化也淡薄了。

年少不懂細細記錄關於城市的異動，有些母親的臨場口述，一趟城區走過便也隨風而逝。

直至母親也仙逝，驀然回首才覺察到錯失許多珍貴的，與母親之間對談的風景。

我，不勝唏噓！

沒了，夢裡會見否？

母親還在世時，曾否夢見大正館？

小ようこ的多桑少年往事，會否對他最鍾愛的女兒細說？

臺中映畫協會有否大正館詳實記錄？昭和十九年之後的幾年，母親任職臺中映畫協會時翻閱過否？

改朝換代後，多少心神急於城市大改造，硬體的軟體的，電影文明建築娛樂文化，不做保留的汰換了，拆除的不會再重現，遺忘的難以再喚回。

如我者，出生年份遠在母親之後數十年，更是未能逢上整修後的大正館年代。所有的所有，都是經由轉述再轉述，但我確信那些都是真實又真實的心情，他們以緬懷失去美好年代的角度，為留下一些什麼的態度，盡其所能仔細分享他們兒時或少年或青壯年聽到的見到的，關於大正館的種種。

那描述，因為深情，所以絕美。

也許，我在夢中曾見過，一座我不明白的建物，指不定那便是在臺中短暫錯落過電影生命的大正館。

又也許，我從來都沒夢過。

沒了，便是沒了。

式微的是什麼？

物換星移，是自我安慰吧！

物換星移，是不得不要直往前行？

物換星移，能否解釋電影文明的式微？

可總是一句物換星移，便要為所有一切作結。

你願意嗎？

初音町，樂舞臺

臺灣人的戲院

西元一九一九年臺中市出現了第三座劇院，剛剛落成的樂舞臺，座落在

初音町三丁目二十番地（今柳川西路三段九十九號），樂舞臺雖非日治時期臺中市第一座戲院，但卻是首座臺灣人出資（賴墩等三十六位地方人士為股東所籌組的），並成立了「樂舞臺戲園公司」，由賴墩擔任「公司長」（即董事長），有別於日本人所設立的臺中座與大正館，是真正有臺灣精神的娛樂場所，以放映中國電影與傳統臺灣戲劇為主。

臺灣人的劇院演出道地臺灣人的戲曲——歌仔戲，當然深受普羅大眾喜愛。

這年代小ようこ還沒出生，小ようこ的多桑青春少年，他關心臺灣人臺灣事，必然會有興趣關注那些在樂舞臺舉行的會議。西元一九二七年十二月臺灣農民組合在樂舞臺舉行第一次全島農民代表大會時，小ようこ的多桑二十幾歲已婚且在律師公會任書記，更加關切種種社會事。

西元一九二九年一月小ようこ來到她多桑的家，川端町初音町相距不遠，隨著熱衷歌仔戲的阿嬷，小ようこ小小年紀也能進出臺灣人街的樂舞臺，還不是因小ようこ的多桑特別疼她，而且小ようこ的多桑對自己的母親也從不拂逆，於是便由著他的養母領著他的養女小ようこ一起樂舞臺瘋歌仔戲。

緊來走啊，呼啊呼……

從川端町到初音町不遠，比起去榮町、大正町近多了。

那時，小ようこ五、六歲，中日戰爭尚未開打，日本殖民之下的臺灣仍有承平歲月，小ようこ有過許許多多同年代幼童所沒有的幸福。

第一代追星鐵粉

春去秋來，小ようこ每每盼著一個月一檔的歌仔戲演出。那多愜意啊！一齣歌仔戲在樂舞臺演出一個月，小ようこ便與她的阿嬤連續「追戲」一個月。

樂舞臺成了小ようこ另一個來去自如的灶腳。

西元一九三三、一九三四學習力正強的小ようこ看多了歌仔戲，會否對歌仔戲產生濃厚的興趣？

長期耳濡目染下必是深植了對本土戲曲的熱情，否則怎會我等姊妹也都熱愛歌仔戲？

追星、粉絲絕非今日之時代產物，大凡戲迷均會對自己所欣賞的演員多些關注。八十幾年前小ようこ的阿嬤我的阿祖，便已是日治時期追星前衛人士了。戲齣落幕後追至後臺聊聊說說，還不能盡興，進一步便是邀請至家裡坐坐，母親記憶清晰，她說當時某團有位名伶名喚「來好」，我阿祖特別喜

歡，互動很好宛如一家人，後來「來好」還認了我那一對外曾祖父母為契父契母，此後只要在樂舞臺有演出，便會到小ようこ的家裡走動。

有了這一層關係，每每來好戲臺上下了戲，小ようこ的阿嬤便帶著小ようこ名正言順追至後臺，其他演出人員看著也宛若一家人毫不見外，母親追憶少小往日時，還提到那時她甚至常常跟著來好姑姑睡在戲院後臺呢！

小ようこ這個非戲班演員子女，卻有著與戲班近距離相處的經驗，那經驗豈是人人都有？又豈是你我想要就能夠獲得？

可小ようこ終竟沒因此走向學習地方戲曲之路，到底是命？是運？還是命中無此因緣？

小ようこ的多桑滿足他的母親追星，他自己呢？

有沒有也走出不同的追星路數？或是成就他的妻子我的外婆追星？

從母親的口述中稍加拼湊，我那孝親愛家疼妻惜子善待鄰人的外公，偶爾也會背著阿祖，攜著外婆去看戲。曾經因為小ようこ天真爛漫心直口快且不懂掩飾，在老人家咄咄追問下露了餡，害得那已為人父人母的兩夫妻，踏著月色甜蜜蜜剛進了家門，立即自雲端墮入地獄的被罰了跪挨了打。

沒人知道那晚，外公是不是帶著外婆去樂舞臺看歌仔戲？或是兩人迎著晚風走得遠些，去榮町的臺中座、大正町的娛樂座？或是更遠些後驛櫻町的

天外天劇場？

當年小ようこ不知，後來的我更不知。

但我知道，我家外婆也愛去戲院也迷戲劇，可她迷的是黃梅調，她追的是《梁山伯與祝英台》啊！

唯一進不了樂舞臺的我

小ようこ常去樂舞臺，她一家人想來也和樂舞臺關係密切。

父親和母親組成家庭後，購置的屋宅在民族路上，比母親小ようこ時代由川端町到樂舞臺還近，島嶼已經改朝換代，政治改變經濟混亂，父母的小家庭加了母親的阿嬤和她的幼弟，與大環境的亂有得比。

母親後來回憶到，那些年是她人生大困境，可她演著的人生大戲是不能換角色啊！何況一個個由她帶出來的小角色，已然伴著她演出一場人倫大戲了。

我從未問過父親，是否前去樂舞臺看過戲？

父親也不曾主動告訴我，他是否也有一段樂舞臺的追戲經驗？

想來，父親未必有過樂舞臺經驗，在阿祖強力介入的小家庭裡，父親是鬱鬱難歡的書生，是借酒澆愁的文士，是看淡人事的男人。

他，文質彬彬，是我的父親。

那時節，阿祖將裡間小屋出租給人，大姊記憶裡那位叔叔曾攜她同行，去樂舞臺看文夏領銜主演的「流浪四姊妹」。

二姊沒親口說出樂舞臺經驗，倒是三姊替她一併說了。三姊說二姊帶著她，跟在大人後面一起進樂舞臺，驗票小姐若問起，往前往後指了指說：「我跟他們來的。」著實也因此看過幾齣戲。

然而細問看過什麼電影？三姊總說年代久遠，早不記得了。

我再問，那我呢？有沒有帶上我？

三姊尋思一會兒，回答說：「妳才三、四歲，看什麼戲？」

三、四歲看什麼戲？我便因此被排除在樂舞臺之外。

四姊妹樂舞臺經驗

少小年紀，家在柳川東路與民族路轉角不遠處，小時候生活圈便環繞著樂舞臺，怎會缺少樂舞臺看戲經驗？

要說少，自然是年齡最小的我了。

猶記懵懂年紀裡，聽著姊姊們說著樂舞臺看戲如何如何，再加上阿祖與母親的「想當初」，或曾以為樂舞臺裡盡是快意人生。

阿祖自從升級曾祖輩後，踏過柳川橋必是向著慈光寺走去，再不是向右行向樂舞臺。母親呢？幾張黃口索食聲吱吱，肩上挑的是生活重擔，演繹的是人生，怎有餘裕談休閒談娛樂談戲劇？

這時期的阿祖很容易就語重心長說道：「做戲空，看戲悾。」對照母親口述的內容，日治時期她那追戲追到不行的阿嬤，不也曾經悾到不行？到得成了我阿祖之後，竟對戲劇撇嘴不屑，當真習佛後已臻過盡千帆皆不是的境界？

母親則千篇一律回應道：「電影敢會黏佇目睭？」

母親恐怕亦是全然忘記，她從童年到少女再到青年時期，投入電影的心神有多少？

或者母親任職於臺中州映畫協會及戰後縣府電影股時，跟著何基明先生剪片洗片的過程，便已透悟電影看過便看過，那不過是演員的演出，自己人生大戲才是黏得死緊，而且是一生。

姊姊們呢？總以年幼不懂欣賞純然浪費時間為理由，拒絕攜我同行。我，充其量只在路過樂舞臺時，站在劇照看板前一一巡禮。

無論是歌仔戲的劇照，或是電影的本事與明星照片，在在填滿我好奇的心靈，也滿足我遐想空間。

我可以因此編出一齣戲，在心裡。

也許悲情，也許喜樂，端看我當時心情。

記憶中有一次姊妹同行樂舞臺看戲經驗，那時已然國中階段，我家已搬離民族路數年，落腳北區中國醫藥學院（民國九十二年改為中國醫藥大學）後側大德街。春節期間，樂舞臺上檔的是黃香蓮歌仔戲團的演出。

姊姊終於不嫌我小，也不排斥節日的擁擠，願意帶我去看戲，因為感動，銘記到如今。

那時，樂舞臺逐漸沒落，淪為二輪電影院，除了播映西洋電影外，許多時候是回到劇院最初經營大宗的歌仔戲演出。

猶記得，那一齣黃香蓮擔綱演出，闡述忠孝節義的歌仔戲，教三姊迷戀不已。當時就讀曉明女中的三姊，非常欣賞黃香蓮小姐，連夜要寫信至電視臺（黃香蓮小姐也演出電視歌仔戲）索取簽名照。三姊又覺得天主教會學校高二的她，很快要進入大學聯考，若讓同學知道迷戀歌仔戲到這般田地實在難為情，於是跟我商量用我的名義發信，我向來不在意這些枝枝節節，便任由她去了。

許多年過去，匆匆而逝的歲月，雖模糊了當年觀賞的戲碼，但樂舞臺仍然鮮明的活在記憶裡，黃香蓮小姐的簽名照仍在家中相簿裡。

式微了樂舞臺

即便是戲院已拆除，即便它曾經締造的輝煌已走入歷史，但對許多老臺中人而言，樂舞臺是個永恆。

樂舞臺，始終在許多人心裡，包含我。

然而，星月移動，終也有物換星移時。

歲月輪軸向前滾動，欣欣向榮裡城市蛻了舊殼，曾經美麗的柳川畔臺灣人街，臺中市最繁華的娛樂區塊，遠了，一步步走遠了。

西元一九六〇年後，電視開始普及，電影與歌仔戲也逐漸沒落，樂舞臺在經營上違了法，於西元一九七三年九月遭新聞局停業處分，直到西元一九七四年五月臺灣省電影戲劇商業同業公會向立法院請願，才又恢復營業。

可嘆屋漏偏逢連夜雨，西元一九八五年樂舞臺兩個廳分別放映《第一滴血續集》與《雪兒》時，雷電交加中突然火起，並延燒了一個小時，觀眾雖都平安逃離，但財物損失慘重。

樂舞臺雖遭祝融，但仍繼續艱苦經營，切割原空間成小型放映廳，並將一樓闢為設置各種電動娛樂設施的場地，可惜安檢未過，西元一九九三年二月遭臺中市府工務局貼單警告。

然後，在西元一九九四年九月遭強制拆除，距離西元一九一九年讓人驚為天人的漂亮現身，到此時，走過四分之三世紀的樂舞臺，最後謝幕身影竟如此蒼涼，不禁教人唏噓！

許多人許多事，便如戲劇一般，下了戲，舞臺便也消失了。樂舞臺也難逃這般悲涼局面，每每想起，總難以平靜。

不復再見樂舞臺

前幾年，若走過柳川西路三段，那停車場總叫人不忍卒睹。年輕一輩或許不清楚，停了車或沒停車的空間，可能曾是樂舞臺某根大柱立基之處，也可能是某排座椅所在。

最早期那位「公司長」臺中仕紳賴墩怎會知道，在他身後樂舞臺最後命運會是如此悲哀。他若早知如此，還會去招募集資成立完全屬於臺灣人的劇院嗎？

那些年，沒人留心到歷史建築的保存，公部門拆除不手軟，商業掛帥下所有權人能賣便賣。而後拆除舊物新建築立地拔起，嶄新亮麗，代表隨著潮流往前進。

那時，沒幾人記起樂舞臺。

這些年，吹起復古風，尤其日治時期的建築群最吸引人。是古蹟，公私都得維護，難得見證了幾十年前社會型態，今人發思古之幽情，懷舊，美好。

唯，樂舞臺不復再見，那地，起了一座高樓。入住那棟大樓的人們，無上幸福，如果他們知道，所在的這塊地基，近百年前的西元一九一九年，風光落成了臺中市第三座劇院——樂舞臺。

臺中公會堂，中山堂

也許，我們都曾聽過

臺中公會堂，應該曾經聽母親說過。只是當時枉然，未曾細細問過，任風將它吹向無垠。也許對於臺中公會堂這個建築，母親也不甚清楚由來，倒是在她的時代裡她必然路過或去過。

過去，有人不曾細究一切，曾經誤將臺中公會堂視作臺中中興堂，那是多大多荒謬的失誤啊！

只因為說起臺中公會堂時，籠統的以在臺中公園旁說明，忽略了那是

日治時期的建物，而且是在自由路這個方向，臺中中興堂則是民國六十一年才落成啟用，雖也是臨中山公園旁，但中興堂所在處是雙十路與精武路交界處，差異可謂不小啊！

事實上若要做聯結，應是將臺中公會堂對應到中山堂，城市記錄裡該有這一筆才是。

記憶中母親談過中山堂，當時代的人或多在中山堂欣賞過戲劇。以臺北為例，臺北公會堂二戰結束國府接收後，稱作中山堂，想當然耳，臺中公會堂也應是稱作中山堂，才符合母親那一說。

我去過中山堂嗎？印象十分模糊。

但大學同學曲，家住公園附近眷村，假日常至中山堂看勞軍電影，她的印象十分深刻，或許還有照片可佐證。

之後，臺中市政府於中國醫藥大學附近中正公園旁興建新中山堂，並於西元一九八九（民國七十八）年四月一日正式啟用。

由來只見新人笑舊人哭，新中山堂的興建，註定又有一座老建物退出臺中市民的生活。

大正昭和，臺中人娛樂去處

臺灣自西元一八九五年後為日本所統治，臺中知事木下周一於西元一八九九年設置了一處官吏的娛樂場所，並於西元一九〇九年在臺中公園旁成立「臺中俱樂部」。十數年後，於西元一九二七年另在民族路上建構了「市民館」，做為一般市民休閒娛樂聚會處所。

西元一九一五年多數人覺得臺中俱樂部規模已不敷使用，由山移定政、林耀亭、林獻堂與楊吉臣等人發起募資興建臺中公會堂的計劃，西元一九一八年於自由路興建總建坪二百八十三坪，合併臺中州廳補助與募資共七萬八千圓興建費用，臺中公會堂於西元一九二三年增建附屬建物，並於同年六月底完工啟用，除了提供學術、技藝、宗教、慈善等公共聚會使用外，偶爾也放映電影，但公會堂並不是放映電影的常設機構。

西元一九二三年，蔣渭水先生在臺中公會堂發表演說：「臺灣今日之設施，非常發達，假使二十年前，那有這公會堂？那有此整然的臺中市？……整頓如此江山，比較支那，民國至今十二年還不息兵亂，這樣事由，良心可以忘記嗎？……」

西元一九二七年一月三日臺灣文化協會於臺中公會堂舉行臨時大會，該

次大會文化協會左右派因此分裂。

西元一九三〇年二月全臺詩人於臺中公會堂舉行聯吟大會。

西元一九三三年八月十六日，「地方自治聯盟」大會在臺中公會堂召開。以臺中公會堂作為公共聚會，便是以此形式呈現。

此外，臺中公會堂亦提供市民欣賞電影之娛樂。

臺中公會堂距大正館、娛樂館均不遠，儼然一個娛樂大三角。只是臺中公會堂開始啟用時，娛樂館還未有雛形出現。

會館、中山堂、停車場

臺中公會堂整體建築之設計系出自名建築師松崎萬長手筆，在當時是除了臺北公會堂最壯觀最華麗的建築。

臺中公會堂的建築構造為現代文藝復興式煉瓦構造，一部分為兩層樓構造，在二百八十三建坪中，中央空間廣達一百八十坪可同時容納六百人。西元一九二三年進行的附屬建築物和內裝工程，獲得州廳補助金八千圓，一個日治時期扮演臺中市社會教育功能的場所，於臺灣光復後，更名為中山堂，中山堂的時代依然提供著市民社教娛樂功能，戲劇演出、勞軍活動時常有之。

或有人言臺中公會堂後來輾轉成為白宮酒家，對此，我存疑。

酒家，雖也提供市民聚會，但光復後的酒家氛圍已然失去日治時期的高雅格調，逐漸不再是文人雅士附庸風雅之處，轉而成為業務人員酒家談生意敲定單的地方。尤其中山堂運作如常，何以那氣派高雅的館舍會移作酒家用途？

如何也無法將酒家與公會堂畫上等號，好奇怪的聯結！

七〇年代，一片欣欣向榮，發展出的社會形貌又不同以往，酒家格局越走越窄化，白宮也不白宮了。

白宮停業後，在臺中市第十一屆市長林柏榕先生任期之內（一九八九年十二月二十日—一九九三年十二月十九日）下令拆除，改建為自由路立體停車場。

蔣渭水先生若有知，他曾與民眾演說的會堂，已然成了一部部汽車排列整齊的停放空間，將如何想？

心稀微，曾經的風華

「心稀微在路邊，路燈光青青，那親像照阮心情，暗淡無元氣……」

（悲情的城市／作詞：葉俊麟／作曲：日本曲）

這是個悲情的城市，曾經繁華的大正町通，那典雅文藝復興式的建築，完全杳然。

不悲情嗎？留下了什麼？

現如今拔地而起一座高聳立體停車場，唱的又是怎樣一曲悲情城市啊！文化賤價。

經過，不識廬山真面目

那些年，當我年輕時，自由路二段風華正盛。

我走過，許許多多個假日，我必然曾經經過那二百八十三坪基地。

可風中再嗅不出東洋氣味，大正昭和年間的臺中公會堂，杜康不曾讓我醺醺然，我卻醉眼朦朧，無由能識她的原來真面目！

我的悲哀，你的悲傷。

百年風華的城市，暗暗吟唱一曲哀傷的歌。

娛樂座，成功何在？

式微的中區電影娛樂

倘使僅僅一間臺中座的殞落便唏噓，或許將被視為矯情。可我矯情嗎？你矯情嗎？那許多不捨臺中電影文化式微的市民矯情嗎？很奇妙的是，被中正路、自由路、成功路和繼光街框住的這一方形區域，面積不是大到一座森林公園的範圍，可它卻涵蓋了兩座戲院，而這兩座戲院又是始自日治時期便存在。

不期然在那個我一無所知的年代會有劇院存在，以為清苦刺青了父母及祖父母的容顏，原來劇院開了一扇茶餘飯後閒聊的窗，在他們無法或無能進入的年歲。

然而，我的母親有極美好的因緣，觸碰到那才剛要萌發的臺灣電影，雖則後來的生命歷程母親自電影娛樂出走，走入家庭便也自己扮演了一生的諸多角色。

所以，即便主婦的母親已然不是隨著何基明先生各學校放映電影的佐理員，娛樂座仍是她了然於胸的劇院，那可是那年代母親處理的業務項目之一。

也許有，也許沒有，母親在不同年齡時，分別與生命中不同的重要男人，她的多桑及我的父親，相偕至娛樂座欣賞影片。

而我，韶華青春裡恣意歡樂，無暇追索父母那一代臺中市區宏偉的劇院。直到如今，髮漸染霜，回首才沿著父母留下的線索，鑽著各個縫隙，尋找他們曾經的年少、曾經的青春，曾經安放心裡甜到骨髓裡的美麗記憶。

你，是否也如我一般？

娛樂座而今何在？

自由路二段鄰近成功路，日治時期的大正町。

車水馬龍現象如舊，空氣依然很遠東百貨，但如今早已嗅不到母親出生那年，臺中市役所為提高民眾娛樂品質開始動工興建，而後在西元一九三一年（民國二十年）十二月竣工的娛樂座絲毫氣息。

空氣不芬芳嗎？

不，不是的，是時光遠去後那年歲淡淡的苦甘不見了。

單說一個娛樂座，恐怕多數臺中市民會是一頭霧水。

娛樂做？娛樂坐？娛樂如何做？

現今沒幾人知道那是日治時期臺中特別先進，設有雙樓層的觀眾席次，

還貼心建構了吸菸室以及男女化妝室的戲院，娛樂座。

讓市民進劇院來便是安坐席次，優雅悠閒享受娛樂。

娛樂座可說是當時臺灣電影史上最具現代感的建築藝術，而它便坐落在臺中熱鬧的中區，大正町和干城橋通轉角處。

我在臺中街頭來來去去走過自由路二段和成功路的那些年，誠然不知腳下踩踏的是往昔獨領風騷的電影文明所在。

若干年後年歲再長，陪著母親回顧她快樂童年時，才在母親的字句裡鑽入一座似虛又實的劇院，可我只能隨著母親的聲音表情體驗那座劇院的美。

娛樂座必然美，而且美輪美奐。

母親才會在八十又過好些年，依然念念不忘，依然戀戀在心。

究竟，母親前去娛樂座觀賞過演出沒？

我粗心沒問起，母親略過沒提起。

似乎，也無需特別在意母親個人的生命小經驗。

城市的流轉成長裡，曾經活生生存在娛樂座，無庸置疑。

ようこ與映畫

西元一九三一年，在臺中成立了臺灣第一個與電影相關的團體——臺中

州映畫協會。此協會為官方性質，由州廳補助款項，購買影片至臺中州各鄉鎮及學校放映，社會教育的一環。

西元一九四四年，母親因何基明先生引薦而能成為映畫協會一員，母親保存的文件中有兩份與臺中州映畫協會有關，一份是昭和十九年（西元一九四四）十一月二十一日臺中州映畫協會出具的日給八十錢的證明，另一份是昭和二十年（西元一九四五）七月三十一日月俸三十二圓的證明。此兩張文件見證了母親十六、七歲即投身映畫相關事務，第一張文件應是試用期以日薪計算，到了隔年便是月薪了，應是正式僱員了，然而半個月後的八月十五日昭和天皇玉音放送無條件投降，母親與臺中州映畫協會因而緣盡。

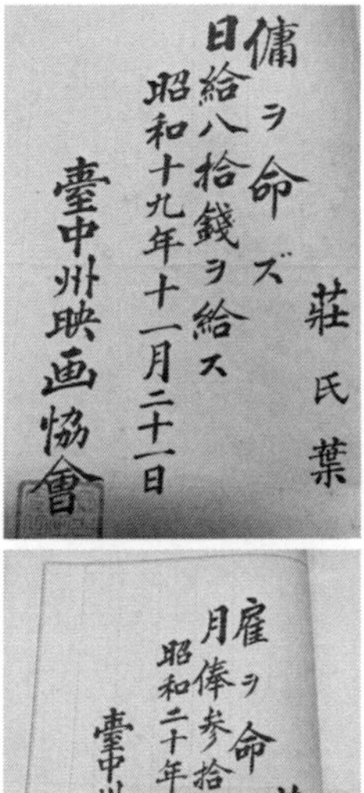
莊氏葉
傭ヲ命ズ
日給八拾錢ヲ給ス
昭和十九年十一月二十一日
臺中州映画協會

莊氏葉
雇ヲ命ス
月俸参拾貳圓ヲ給ス
昭和二十年七月三十一日
臺中州映画協會

文件

倒是政權轉移下，國府接收了州廳，政府機關改為臺中市政府，初期臺中縣政府也於原州廳處合署辦公，日籍員工退出，國府長官進駐，臺籍工作人員如母親等得以留任，母親遂依然進出那棟巴洛克建物，依然日日上班，可心情截然不同了。

戰戰兢兢有之，茫茫然然有之，忐忑不安兼也有之。

到底人事作風完全不同，東洋國府兩派有異，母親靜默著工作。民國三十六年之前，母親一直棲身於民政局社會課電影股，處理的事項與州廳時代臺中州映畫協會轄下時一樣，電影仍在她的指掌間流動。

到底，電影是母親的日常工作，無論沖洗、剪片、播放。

這之間，究竟，母親的心情是否自我娛樂了？

我終竟不得知。

轉型成功了嗎？

城市能否活出獨特的風格？

還是一座城市被人們牽著鼻子走出一種奇怪路數？

改朝換代時理直氣壯的變革，你能怎麼說？

娛樂座的命運相同於臺中座，官資公營的劇院，隨時推移，日治時期

的劇院戰後變了身，理所當然改由當局當家作主。一九五八年（民國四十七年）劇院名稱索性改為成功大戲院，大眾化的戲院此後追逐者不少了。

戰後蕭索，一切方興未艾，進入成功戲院觀賞電影的，怎麼樣也不會是我。

父母組織了一個家庭，黃口小兒張嘴便要吃食，父母怎有餘裕放在基本生活之外的娛樂，更別說攜家帶眷的去成功戲院看場電影，何況彼時我還只是嬰嬰幼幼。

四、五〇年代出生的市民，或許都與我一般情形，童年時無緣走向成功，再長大一些可能人人命運不同，朝成功而去的便大有人在了。

後來我讀國小，我的成功經驗是，在姊姊們窸窸窣窣裡旁敲側擊了幾部電影情節，然後成了一篇零零落落的成功戲院斷代史。

西洋片、國片、電視臺歌唱比賽兼而有之，多樣化的演出作為單調生活的調劑，滿足了單純的心。

我或許是異類，自始至終，成功只能在望在聽聞在回溯。

小ようこ去過否？

春暖花開了，小ようこ必定興奮，穿上薄薄春衫，人都輕盈得要飛起

來了。

她的多桑已經默默計畫，一個年關下的星期日亮晃晃的午後，家裡人都午寐的時候，撇下嬰嬰幼幼親生女兒，要帶這個因為頑皮被阿嬤禁錮多時的養女，走一趟大正町、榮町，若還有興致，新富町市場逛逛也行。

大正町那嶄新劇院娛樂座，究竟小ようこ去過否？

過去好多年我忘了問，又何妨。

那個快樂下午必是在小ようこ內心留下美好的畫面，至於是不是進入娛樂座，或者只在劇院外徘徊看看劇照？都無損於外公疼愛領養女兒的心意。

人生大戲裡我未曾謀面的外公，川端町二十五番那位假日便發心幫鄰人幼童義務剪髮的小ようこ多桑，如此慈愛的長者，沒有理由只在劇院外流連，而沒帶他最鍾愛的女兒入場體驗人生。即便小ようこ忒愛搞怪，也非他骨血，但人稱川端町二十五番歐吉桑疼愛小ようこ是已經深入骨髓了，我知道，我也深信。

娛樂座裡賞劇看戲便是生活娛樂，劇院名稱用得真好，一點也不違和。

是否小ようこ幼年的生活體驗，冥冥中為日後工作牽了線，也才得青年時期那樣的因緣，蒙出生臺中南區「下橋仔頭庄」有名導演何基明引薦，進入臺中州映畫協會，等同於州廳處理電影相關事務的股別服務？

小ようこ的娛樂座快樂初體驗是個美好的緣起。

ようこ和誰去？

母親和那棟民權路九十九號，現在是臺中市定古蹟的巴洛克建築極有緣份。

日治時期州廳時代，母親任職教育課電影股於何基明先生麾下，當時電影管轄在教育課，母親與電影的關係至為密切。二戰結束國民政府接收後曾有短暫臺中市政府與臺中縣政府合署辦公時期，市府縣府內部管轄內容均有異動，電影的管轄已歸屬至民政局社會課電影股，母親的公務也移至社會課電影股，無論怎麼更動，母親還是與電影業務脫不了關係。

其實州廳所在地乃清朝末期興建的「元誠考堂」，屬臺灣省城建築群。日治時期臺灣總督府在臺中實施「市區改正」，該建物一躍而變為臺中州廳、臺中知事官邸以及大屯郡役所等官署建地，其後在一九一二年拆除，僅僅保留了考堂西側的儒考棚。臺中州廳廳舍由日人森山松之助設計，一九一八年完成第一期工程，經歷四次擴建，至一九三八年才完成現今規模。

一九四五年國民政府接管臺灣，這棟建築順理成章成為臺中市政府所在地。

戰後父親從彰化辦公廳調至臺中市府，稅捐稽徵處是他的去處。巴洛克建築的市府辦公大樓何其大，父親與母親在那裡相識了。其原因是三十六年春天三月母親被調至稅捐稽徵處，從此成了父親的下屬。

母親的朋友都喚她ようこ桑，那些老單位老同事。會不會，有朋友樂觀其成，特意給他們兩人戲院餽贈的招待券，然後他們便相偕去娛樂座看戲？

那時節，在臺日人陸續撤回日本，可生在日治時期，所有薰習都是東洋文化的父母親及那一代人，骨子裡已然幾分東洋了，想必父母相約看戲時仍然說著「去大正町的娛樂座喔！」

一九四九之後，ようこ呢？

一九四九年初，父母相偕走入婚姻，那時他們對未來充滿年輕人的憧憬，他們不知道時局將如何變動，他們也不知道共組的婚姻會否出現課題。但無論如何，一起迎向兩人生命與生活的改變，是必須的態度。

一九四九年底十二月，國民政府自大陸完全撤退至臺灣，兩岸分治成事實。

大正町不再有，自由路二段來了，干城橋通化身成功路，兩路段交接處曾經風華無限的娛樂座，賦予新名稱而為大成功。

所有的人都想望成功嗎？

娛樂座的年代消失後，父母便也退出了風花雪月，攜兒帶女如何花前月下？無米炊成不了巧婦，但仍得煮食。

琴棋書畫詩酒花一點一滴消融，柴米油鹽醬醋茶上了鍋碗瓢盆，父親可以名士，母親主婦得持家，從此戲院絕了緣，他們合力演出人生大戲。

父親眼中，生活是杯極苦的酒，自己愁眉演著一齣戲，何勞影片代他出聲！他想是李白是稽康是任何一位古代文人，可偏偏他來到二十世紀剛剛掙脫日本的臺灣。

一醉方休。

姊姊們的青春記憶

七百四十七個座位的成功戲院必然引人入勝，但或許母親會禁止，一九五八年與一九六四年分別兩件新聞上報，人心總惶惶。

可大姊高中時曾仍前去成功戲院，觀賞電視臺舉辦的歌唱比賽，當年清純高中女學生陳今佩，絕非後來的壯碩霸氣，那年陳今佩獲得評審與觀眾票

選的雙料冠軍。

往事雖已矣，卻是大姊恆久的青春記憶，回味往日歷歷在目，依舊二八年華時。

二姊是否去成功戲院看過電影，我其實一無所知，少女二姊從事公車車掌工作，公車處配有宿舍，二姊在家時候少，但或許休假時她們一干車掌同事會相約一同去看電影，也非不可能。

若要三姊自己去成功戲院看電影，絕不可能。

西元一九六八年臺中市政府將成功戲院與旁邊的憲兵隊（原行啟紀念館）標售，遠東百貨得標，戲院隨即被拆除，彼時三姊為臺中市立一中（居仁國中前身）初三生，一是即將面對高中聯考，二是三姊內向安靜，無論自行前往或與同學相約，我都堅信不可能發生。三姊若有成功戲院看電影經驗，必然是大姊攜她同行，尤其是遇相親時，三姊是大姊穩定心緒的伴。

四姊妹中，成功真正與我無緣，待我愛戀雙十飛散髮成春天時，經常與男友行過那附近，早已無成功大戲院丁點影子，取而代之的是遠東百貨矗立自由路二段，引領臺中繁華熱鬧的風騷年代。

空：各具特色

天外天，在中區之外

劇院在天外天

西元一九一九年，曾任臺灣省城董工總理的仕紳吳鸞旂在臺中市櫻町興建私人戲院，原是只供家人親友娛樂之用。其子吳子瑜（臺灣日治時期三大詩社之一的櫟社成員）後再出資十五萬，並由臺灣總督府技師齋藤辰次郎設計。於西元一九三三年九月擴建，兩年半之後的西元一九三六年三月竣工啟用。

劇場落成啟用了，總有個讓人銘記在心的名稱呀！是誰興起了一念？天外天。

真的是吳燕生嗎？他對其父吳子瑜說的那話「已是人上人，劇場便稱做

天外天」，怎般評斷呢？

但，天外天，果然有別人間風情。

與吳子瑜同為櫟社成員的豐原仕紳張麗俊，在該劇場落成前往參觀時盛讚「其規模宏壯華麗與東京寶塚無二」。

那是昭和年間，一座六角樓型有三層樓高的劇院，總量可容納六百三十席觀眾。啟用後輪流上演電影、歌仔戲、京劇，各種語言各種形式的演出，滿足臺中地區民眾不一的娛樂選擇。此外，吳家人有極新經營理念，除了劇院主要展演空間，還設置了食堂、咖啡廳、跳舞場及茶店等配置，多元休閒概念在八十年前便已悄悄在臺中落實了。

由此便可見出，天外天劇場乃昭和年間臺灣規模最大的民營歐式戲院。更是繼樂舞臺之後，第二座由臺灣人投資興建的現代化劇場，在臺中。

小ようこ的天外天

座落在櫻町的天外天劇場，小ようこ不是很喜歡前往。

從川端町走到櫻町的距離，不算短，雖然常是迎著風，走在寬闊的大正橋通，晚風拂來絲絲涼意，但年紀尚小的小ようこ，得忍著痠得緊的腿，隨

著阿嬤和多桑大正橋通上趕著路，一顆心懸得老高了，一心求著可別他們三代人還沒抵達天外天，劇就開演了。

有一個畫面，是出了家門後小ようこ不時仰頭看著多桑，有時乾脆耍賴不走。

「ようこ啊，按怎毋行啊呢？」多桑極盡耐心輕聲問道。

「人的腳足痠。」

「腳痠喔，來，多桑揹汝行。」多桑疼愛小ようこ，第一時間為了滿足小ようこ當街就蹲了下來，完全不在意路人怎樣看他，甚至小ようこ的阿嬤會如何指責他。

小ようこ可高興了，立刻繞到蹲著的多桑後面，雙手搭上多桑厚敦敦的肩膀，雙腳一蹬就要躍上多桑的背。

小ようこ一雙細瘦的腳才剛讓多桑雙手挽住，阿嬤的罵聲就出來了。

「囡仔人有跤毋行，愛人揹，成啥款？」這是責罵小ようこ的。

「共ようこ囥落來，伊攏予汝寵倖歹去，已經幾歲矣，閣定定哀遮痠遐痛，我煞毋知伊咧假鬼假怪。」這句是責怪小ようこ的多桑。

阿嬤的話酸酸竄入地底，小ようこ為多桑出頭，回了阿嬤一句。

「阿嬤，人無啦！」

「無上好，按呢汝就家己行。」阿嬤到底是老辣的薑，順勢就能讓小ようこ無言以對。

「阿嬤……」

「愛汝就緊，無戲若開演，頭前汝就看袂著囉！」

也許那些夜晚，小ようこ還殘存過一絲絲希望。

或許等一下多桑又會在阿嬤不注意的時候，讓她攀上他的背，再把她的小屁股往上一頂，她就可以舒服的由著多桑揹去天外天了。

可阿嬤的眼是兩團明亮的圓月，把這一切映照進她滿是皺摺的眼皮底下，小ようこ終於明白所有都是空想，去天外天的路最終還是得自己走。

這個發現讓小ようこ埋怨起天外天太遙遠，遠在天邊。

一怨起來，小ようこ不自覺就嘟起一張嘴，老大不願意的將腳下的木屐拖著，卡卡卡聲大無比。

「木屐按呢拖，汝是毋知行路愛輕輕仔行，腳愛舉起來再閣囥落去嗎？」

阿嬤又罵人了。

小ようこ不敢再放肆了，只是心裡怨著，劇院真箇天外天。

多桑大手撐起的天

看戲應該是歡樂的事，多桑都這樣告訴小ようこ。

小ようこ也想把快樂留住，她決定不再心裡窸窣埋怨那個愛碎碎念的阿嬤。在多桑拉住她的小手時，月娘垂下頭來看她和她的多桑，她仰起小臉迎個正著。那一瞬，小ようこ所有的不愉快都被晚風帶走了。

因為仰頭，小ようこ看見多桑，也看見了滿天星星，和望著她笑成圓臉的月娘。天空繁多閃閃發亮的星星，有一種說不出的美麗，小ようこ忍不住走兩步就抬頭看一眼，然後低頭滿足的走著。

小ようこ心裡填得滿滿的。

她好想大聲告訴月娘，有多桑真好！

無論天外天在遙遠的哪一處市街，無論天外天上演的戲碼多麼吸引人，無論多桑有多少次帶她去天外天，那個天，一直都在天外，不是她的。

但小ようこ自己又很清楚，她擁有一座真實的天。

她的天，不在櫻町，不在臺中驛後方，也不在天外。

她的天，在鄰近掩映綠柳的柳川，在川端町，在多桑的一雙掌。

國際與咱家絕了緣

歲月流轉，政權更迭。

西元一九五〇年，二次世界大戰後民國時期，吳家將劇場轉而售出，王博接手經營權。換了主事者，再不讓劇院遠在天外天，換個思維換個名，宏觀眼界，跳越島嶼限制，國際是未來走向。

改名國際戲院後，西元一九五三年臺中火車有一重大變革，便是興建一座前站直通後站的人行天橋，因為這座天橋便捷了前後站的交通，間接也提高了國際戲院的營收。顯然有國際觀是正確的，資方大歡喜，西元一九五三年十月十二日特意放映電影招待各界來賓。

可好景總無常，西元一九五六年九月十五日以後，因臺中市議會做出國際戲院後方可設立「風化區」的決議，那附近陸續興建達十五間之多。此後銀幕播放的電影與那處鶯鶯燕燕爭風，終是不敵暗生之風潮，戲院經營每況日下，只得收手煞車。西元一九七五年，超過半世紀影劇脈絡虛弱至萎頓，至此，源自西元一九一九年的私人劇場建物本體，澈底不再與戲劇有一丁點關聯，因為轉作的行業相差了十萬八千里。

那之後，無論是太原冷凍廠或是泰源冷凍廠，都和電影、歌仔戲與京劇

絲毫搭不上邊。可回頭卻是閃過一念，那些從天外天劇場到國際戲院的昔日風華，不就是如此無聲無息的被送進了冷凍庫？

聽說西元一九九〇年，冷凍廠也關閉了，偌大的空間，做什麼了呢？曾經豪華的歐式劇院，一變再變轉了數個經營項目，鴿舍也罷，釣蝦場也罷，直教人看不清局勢的演變，也在在讓人於心不忍。

即便是戰後的民國四十幾年，戲院因串聯前後站的人行天橋而風光一時，可我一家正在臺中市區裡游牧，已然無暇聞問櫻町，更不得空關切天外天，我猜想恐怕連國際戲院也絕緣於家人之耳之目。

後站，在遙遠天邊。

縱使姊姊們已少女，甚至成年，追逐風追逐電影，也全然是在中區的各家戲院吧！

荒廢了天外天，不勝唏噓

直到多年以後，因為母親談起，方知在遙遠的臺中後站，曾經有過迷人的劇院記憶，天外天於焉跳進我的腦中。

那是怎樣的風華，在昭和年代，我想像不來。

母親說著她的童年，說著劇院裡看戲的點滴，說著夜色美麗，生活快意。

天外天劇場國際大戲院

原來，後站曾有她獨特撓搔臺中市民的風情。

原來，吳家曾經獨力締造了天外天。

原來，那處擁有過高級休閒娛樂。

原來，那兒因為荒唐政策盪進谷底。

西元二〇一二年，我們姊妹都落籍他地，臺中偶爾回來探親，新聞裡報導承載過日治時期，具歷史意義的天外天劇場周圍土地轉成經營停車場，至於昭和十年，臺灣第一次地方議員選舉那年，吳子瑜擴大重整後的天外天劇場建築物，樓上經年

荒廢，面臨拆除命運，遂引起許多重視文化資產的人士為之請命。

到底天外天是如今唯一還保留的日治時期劇院啊！

拆與不拆，廢墟或歷史

二〇一四年，依《文化資產保存法》將天外天劇場列入文資審議，獲得為期半年暫定古蹟保護。二〇一六年八月房屋所有權人動工拆除建物內部設施，臺中市政府相關局處關切後停工，再次進入文資審議。可惜二〇一七年四月，文史團體送審文資身分再度遭到駁回，臺中市文化局准許所有權人可自由處分。

到底，天外天具文化資產否？

文史工作者表示，天外天劇院在昭和年間，除了提供臺中市民一個娛樂場地外，同時也是當時臺灣仕紳的交流空間。西元一九三六年九月，時任臺灣總督小林躋造提出統治臺灣三原則：「皇民化、工業化、南進基地化」，其內容包括臺灣人改日本姓氏、推行「國語運動」（即說日語）。但天外天播放無聲電影時辯士的劇情解說，講的都是閩南語；以及戰爭末期日本政府要求經營者將天外天的屋頂漆成迷彩防空色，但劇院方面則將圓頂漆成大紅色，當時還被報紙批評「非常不像話」。

那麼，天外天反映過當時的生活與文化面貌否？
究竟，著眼點應更深入過去，還是展望開發的未來？
廢墟？有價值的建物？隨人自由心證。
拆，所有權人皆大歡喜。
不拆，保留一頁記憶。

豐中，豐富臺中

曾經與電影無關

誰都不知道，那裡曾經有座「臺灣歌劇戲院」。
誰也都不知道，「臺灣歌劇戲院」前身是「豐中自動車株式會社」的停車場。

人世間所有的關係都從沒有關係開始。
日治時期張慶輝先生（臺中市第十三屆市長張溫鷹的父親）代理美國雪弗蘭汽車生意，公司名便是「豐中自動車株式會社」，會社的巴士行駛臺中和豐原之間。

太平洋戰爭爆發之後，「豐中自動車株式會社」的巴士被徵收作為軍事

用途，西元一九四五年八月戰爭結束了，國民政府接收初期臺灣十分混亂，那時期張氏擔心停車廠被遊民占據，再者因樂舞臺公司長賴墩之弟賴甠建議，故而原址開設「臺灣歌劇戲院」。

「臺灣歌劇戲院」民國三十五年（西元一九四六）元旦開幕，最初不是放映電影，而是演出歌仔戲與歌舞團表演，觀眾座椅是長板凳，因紅牌邀約不易，常需仰賴流氓強押演員演出，倍感經營艱辛之下，張家決定進行改建，並於民國四十二年（西元一九五三）五月完工，改名為「豐中戲院」，以放映首輪電影為主，西片是放映重心。

自動車與歌劇戲院的連結，遠超乎一般市民的想像。

若要說有什麼關聯，或許可說都是快速運轉的人生。

也許去過也許沒

「臺灣歌劇戲院」是在民國三十五年元旦開幕，那年母親正青春十八姑娘一朵花，日本已戰敗，母親依然在那棟熟悉的巴洛克建築裡上班，只是機構名已非臺中州廳，而是臺中市政府與臺中縣政府，這是因臺灣光復初期縣市政府合署辦公。母親服務單位也從原民政局改調社會局，後來再改調至稅捐稽徵處，短短時間內母親的生活也異動快速。

臺中市成功路二十五號，鄰近綠川，母親幼時常去柳川北岸的樂舞臺看戲，會不會青春年華裡與閨蜜朋友尋個空檔去臺灣歌劇戲院看戲？不看戲，看看歌舞團表演嗎？母親有沒去過豐中戲院，在那個臺灣島內大逆轉的年代，母親若從臺中市西區民權路九十九號走向成功路，其實也不遠。

我不曾向母親探問，也許她去過，又或許她沒去觀賞過。那又如何？陳年往事，當母親在世時是如此，而今，母親已仙逝，往事更陳年了。

父親呢？喜愛藝術的父親，電影戲劇該都不會錯過吧！

父親之於他的子女，裹得厚厚重重，一直不讓子女窺探到內裡。我嘗試拼圖，努力從蛛絲馬跡，一層一層掀開，一筆一筆去畫記，那個熟悉裡帶點陌生的父親，從鈴蘭通到千城橋通，從中山路到成功路，經過垂柳青青的綠川，再穿越他兒時曾去過的榮町市場，到底進了豐中戲院沒？

父親作古三十餘年，所有的假設都沒了意義。

拔牙後的真善美

Edelweiss, edelweiss
Every morning you greet me
Small and white, clean and bright
You look happy to meet me

Blossom of snow may you bloom and grow
Bloom and grow forever
Edelweiss, edelweiss
Bless my home land forever」（Edelweiss 小白花）

許多人都會唱這首甜美的歌曲，可或許新世代許多年輕孩子根本不知道這是五十年前膾炙人口電影《真善美》中的歌曲。

《真善美》講述的是年輕活潑的瑪麗亞修女（茱麗安德魯絲飾演），因為遲歸違反院規，被修道院指派到范崔普上校家當家庭教師。上校鰥居多

年，他對膝下七個孩子管教甚嚴，凡事不得通融。瑪麗亞修女像母親一樣照看七個孩子的生活起居，親和力十足的教導常規與知識，很快地就和孩子打成一片。而在瑪麗亞的影響之下，上校也漸漸改變對孩子的嚴厲態度，更對瑪麗亞產生莫大好感。

大姊記憶裡，高一的年紀，因為牙痛去成功路上的牙科診所拔了牙，牙疼實在要人命，獨自一個人去拔牙更顯孤單的疼，若能有個可以轉移注意力的事項，牙疼孤單便能隨風而逝。

正是那時《真善美》一片在豐中上映，牙科診所就在成功路上，距離豐中戲院不過咫尺，拔過牙的大姊不做他想，售票口買了票便進戲院去了。

歌舞片的《真善美》劇情溫馨甜美，劇中人物清新可愛，插曲更是首首動聽，那樣的氛圍裡，不陶醉可真不容易啊！大姊拔牙的痛早已隨著劇中瑪麗亞修女的翩翩舞姿及扣人心弦的樂曲飛向不可知之處了。

多年後，大姊仍然記得去成功路上的牙科拔了牙，卻絲毫想不起拔牙的痛，倒是真善美的劇情仍然歷歷在目，一曲〈Edelweiss 小白花〉更是唱了半世紀依舊戀戀不捨。

豐中戲院與西法麵包

多大年紀的人能夠稱作老臺中人？

四十年次的二姊算不算得是老臺中人？

有人說老臺中人必然知道豐中戲院。

可我們一家四個姊妹外加一個弟弟，可都知道豐中戲院呢！

比起大姊、三姊與我，二姊必然最早和豐中戲院結了緣。

原因何在？

二姊從忠孝國民小學畢業之後，初中聯考考上的是私立武訓中學（西元一九五九年十二月張志廣、楊德鈞、何雨書創立「武訓中學」，後因經營艱困，於西元一九六九年九月轉由王福來、汪廣平等另組董事會接手承辦，並更名為「明道中學」，取「闡明聖學，薪傳道統」之義。），母親考量家中經濟，讓二姊小小年紀先走入就業市場，二姊的工作地點便是張慶輝先生的另一個事業體，位在三民路與中正路（今臺灣大道一段）三角窗的「西法麵包」。

即便那時的二姊是西法麵包的小小員工，未必真能有機會去豐中戲院看電影，但進不進戲院看電影是一回事，知不知道關於戲院的種種又是一回事。

相較於我們其他姊妹，二姊一直是博聞多見，經常轉述一些匪夷所思事件，我們聽來有如天方夜譚。隨著年齡增長，我再三推敲，二姊在張家事業體之一工作，總也會在日常裡聽著張氏家族諸多談話，所談之事甚或也觸及了豐中戲院的種種。

而我所知道的是，不只二姊，就是我姊妹等人，也恆常記著西法麵包，以及豐中戲院。其實二姊的麵包店小員工生涯也沒多長。

許多年後，二姊與她的孩子以觀眾之姿，購票進豐中戲院看了電影，那影片是《上帝也瘋狂》，滿戲院笑語不斷，豈止上帝也瘋狂，分明銀幕前的每個觀眾都瘋狂了。

來杯紅茶吧

三姊是秀外慧中的氣質女孩，始自她就讀曉明女中與靜宜的年代。

高中時期的三姊欣賞電影絕對是大姊攜著同行。數年後，大學又同是女校生活，有別於高中的情況是，大學校門外總有絡繹不絕站崗的男學生，分別來自臺中鄰近幾所大專院校。

後來，三姊唱著青春戀曲，和市郊某大學建築系男生。

假日相約，觀賞電影是最平常的選擇。

於是，臺中市兩川之間不停轉悠，總有某家戲院放映她喜歡的電影。若在第一市場附近，豐中戲院必是首選，看過哪些電影已無可考，就是三姊本人，恐怕也因歲月更迭，早已忘卻。

可她如何也忘不了，第一市場內有一小小紅茶攤，大小不到兩坪，那老伯單賣紅茶一項，可店中圓凳小坐好整以暇嚐個紅茶甘味，也可買了裝杯帶著走。那些年，三姊和那男生（後來的姊夫）沒少飲那茶攤的紅茶，據三姊自己透露，常是進戲院前先飲上一杯，散戲後再來解個渴（怕是解饞），兩杯跑不掉，有時那方圓幾條街走走逛逛下來，一天裡去光顧老伯茶攤不下五次。

這到底是上癮，還是忠實顧客？

相較於第一市場後側的豐中戲院，似乎還沒到如此迷戀的地步呢！

郵差會按幾次鈴？

說到底，二姊小小年紀能在張氏家族企業裡工作，還是因為母親的人脈。母親與張家那一位熟識？聽說總歸聽說。

所以，我讀大學的那些年母親偶爾就有幾張豐中戲院的招待券，我便是持著招待券進豐中看過幾齣好看洋片。

《阿拉伯的勞倫斯》改編自英國在第一次世界大戰的傳說，揭露英國失蹤的軍人勞倫斯在阿拉伯的生活。

《青青河畔草》取材於沃爾特．麥肯的小說，拉爾夫．尼爾森自編自導自製，《孤雛淚》的童星傑克．威德主演的影片。劇情描述一對小兄妹不堪繼父虐待，離家出走，投奔遠在愛爾蘭的外婆。

《飛越杜鵑窩》講述的是一個為了逃避服刑而裝瘋賣傻的「正常人」藍道麥墨菲被送進精神病院裡的故事。電影上映後曾經轟動一時，很具話題性，因為劇中的精神病院無疑是專制社會的縮影。

還有一部《郵差總按兩次鈴》，四處漂泊的流浪漢與公路餐廳老闆娘偶然相識，一時天雷勾動地火的兩人，很快陷入情慾魔障，並將腦筋動到餐廳老闆頭上，電影在誘惑、犯罪、驚悚、晦暗、性感、懸疑中輪轉再輪轉，是一齣經典黑色與背叛的影片。青春正盛時所解讀的意涵，或許與知天命、耳順後的體會不盡相同，但所關切的必然不會只是他們能否成功殺害餐廳老闆，從此高枕無憂並廝守終生這樣簡單的思維？

後因遠嫁島嶼南方，沒再進入豐中戲院觀賞電影，而豐中戲院也在西元二〇〇四年結束營運五十幾年的歷程。

沒料到，轉身便成絕響。

豐中戲院

那之後，郵差必來過。

按了幾次鈴？

東海，從測候所來

前身是測候所

老臺中人或許都知道，中正路與自由路口曾經是臺中市地價最高的地方，也就是過去的遠東百貨大樓對面，一整排四層樓建築，這棟建築名為「東海大樓」。

這一處在日治時期是「臺中測候所」，亦即臺中氣象站。戰後則成了臺中市區最繁華熱鬧的地段，後來在臺中市商會積極運作下，臺中市政府

將氣象站遷至臺中公園（中山公園）裡面，此地由市政府拍賣，陳凱南等人得標，並籌建三層樓的大型戲院，面積六百多坪，名為「東海戲院」。

東海戲院開幕後，內部可容納一千七百位觀眾，同時是臺中市第一家有冷氣設備的電影院，民國四十三年（西元一九五四）開幕的首映影片是詹姆士狄恩與娜妲麗華主演的《養子不教誰之過》，描述年齡正值尷尬十七的高中生，在家裡和祖母及母親經常吵架，父親也拿他沒有辦法，一路風波不斷的電影。

戲院前身是測候所，開幕第一齣電影便是探討人生習性尚且不定的青春少年時，這之間的連結也太巧妙了，冥冥之中一條怎樣的絲繩牽引啊！

這一片打響了東海的名號，從此每到新片放映時，戲院前的廣場總是擠滿看電影的人潮，幾乎場場客滿，場外更常出現黃牛票交易。

賣座的影片往往是連映一、二個月，那是東海戲院最風光的年代，從而將東海推向臺中市最叫座的戲院之路。

東海戲院營運高峰的黃金時代，片商推出的上檔熱門片，都以東海戲院為播放首選。

所以，假日到東海戲院看首輪電影，無疑是最高檔的享受。

電影以外的演出

西元一九五〇到一九六〇年代，臺中市缺乏既大型又豪華的表演場地。堪稱擁有一流硬體設施的東海戲院具足這一切，除了一千多個觀眾席位，燈光、冷氣與音響等也領先群倫，因此一些國際級表演，如臺灣有名女高音許雲卿小姐就曾在民國四十六年（西元一九五七）八月十五日，在東海戲院演出。

民國五十一年（西元一九六二）二月十五日來自美國的抒情女高音卡蜜娜威廉斯，蒞臨臺中之際，便是在東海戲院舉辦一場演唱會，時任臺中市長的邱欽洲更贈送了一把「臺中之鑰」給卡蜜娜威廉斯小姐。

民國五十五年（西元一九六六）七月二十六日，舉世聞名的美國茱麗葉絃樂四重奏團，就在東海戲院裡演奏。

有道是工欲善其事必先利其器，無論是樂團演奏或是聲樂家演唱，有優質的表演場所才能讓演出者如實展現實力，甚至再加分。東海戲院在放映電影之外，還能為臺中市民提供這項加值服務，實在是全體臺中市民之福。即便那些演出都是我嬰嬰幼幼時期，我根本無緣共襄盛舉，但在我生長的城市裡曾經文化藝術如此飽滿，深深與有榮焉。

與よう こ無緣的東海

不需多想，我便知曉母親一生與東海戲院無緣。

試想民國四十三年（西元一九五四）東海戲院初開幕時，母親已誕下三名女兒，嗷嗷待哺的孩子圍著母親團團轉，母親心裡衡量的是如何以父親有限的收入餵養每一個孩子，完全不可能花費二元八角，只為戲院裡看一齣電影。

尤其，母親更在東海戲院開業這年重回職場，結束近六年的家庭主婦生涯。

此後我所知道的母親，再也沒有進過臺中市的任何一家戲院，即便東海戲院是臺中市頂級豪華有冷氣的戲院，母親的心眼裡，生活重要過休閒。

與東海戲院隔著自由路相對，擁有七百多個座位的成功大戲院（前身是娛樂座）相比，東海空間達兩倍多，若能有魔法，真該讓母親體會一下那寬敞空間裡的頂級享受。可憐曾在州廳時代臺中映畫協會服務的母親，走入婚姻，原來出養家庭與自組小家庭兩股勢力拔河，母親夾在其中，生活的人情的婚姻的酸甜苦辣無一不遍嚐，便也將她原有的才情磨蝕殆盡。

電影再不能引動她的心絃。

再後來，母親總說，電影會黏住眼睛嗎？

母親是不想黏不會黏了，恐怕最真最真的是，不能不敢黏啊！

我走過東海廣場

臺中市中區自由路二段八十七號，東海戲院所在地址。

那建築別具一格，稍稍向內縮進去，遂形成戲院外似有一處廣場的格局。戲院建物本身有兩扇鐵拉門，售票亭就在正中間，電影開場時戲院工作人員會將鐵拉門由中間分向兩側拉開，戲院左右兩側都有布告欄，貼著電影海報、明星劇照以及電影本事，有時走過，單純只看看海報、劇照和本事，也是一種另類觀賞。

國中之後，我的生活圈在北臺中，幾乎不會走進繁華城區，東海只聽聞，不曾目睹。

高中則日日需到火車站前等候校車，往往週六中午專車開到臺中車站後，不著急轉公車回家，揹著書包一路逛下去，大眾書局、學海書局輪番消磨一些時間，第一市場內吃碗肉羹止個餓，就再晃悠下去。綜合大樓不愛逛，穿越自由路東海戲院巡禮一番，海報看板看夠了，人也倦了，離去前兩旁的「生生皮鞋」、「小朋友皮鞋店」多看幾眼，想好下次該買什麼鞋。但

只消垂眼看到腳上的黑色學生鞋，就打消剛剛興起買時尚鞋的念頭，再怎麼樣都還是得穿學生皮鞋啊！而我可是很用心保養我的皮鞋，每個星期日都用圓圓一小盒的鑽石鞋油，把鞋面擦得晶晶亮亮呢！

逗留夠久了，該回家了。

向著中正路的方向去，轉彎處的三角窗則是臺中人都知道的「聯福西點麵包」，若正是飢腸轆轆，看著櫥窗裡的各式麵包，肚裡的饞蟲會鳴叫得更大聲。得扭過頭移開目光，趕快走向第一信用合作社，合作社外有公車站牌，耐心等候，車來了，便能回家。

起起落落，風雨飄搖

走過繁榮，東海戲院除了遇上幾次遭人蓄意破壞的命運外，在快速發展的年代裡，還得面對一家家設備新穎的戲院競爭，終於在設備日漸老舊、招架無力之下宣告停業。

民國七十六年（西元一九八七）七月十五日解嚴，東海戲院也在這年拆除了。

拆除是更新，資方進行全面改建新型戲院，新戲院於民國八十五年（西元一九九六）開始營業，賦予新目標改名為「一加一影城」。

果然「戲如人生、人生如戲」，新戲院名稱改為「一加一影城」的初期，仍維持不錯的營運，但隨著新市區的興起及西移，中區商圈以超乎想像的快速度沒落，殘酷的現實嚴重打擊「一加一影城」的營運，加上新式的大型影城不斷興起，戲院的生意開始下滑，民國八十九年（西元二〇〇〇）以自由路一路之隔的遠東百貨歇業，消費人潮快速流失，對於戲院的經營更是雪上加霜，整體營運已難重現東海戲院初期的盛況了。

中區商圈的蕭條有多駭人？

據「一加一影城」資方林先生透露，「一加一影城」開業以後最賣座的電影，是新戲院開幕那年放映的《鐵達尼號》，那之後的七、八年都是赤字經營。

更令人感嘆的是，持續沒落的中區會進戲院的只剩兩種人，一是失業的人，另一則是沒工作的人。

「一加一影城」在大型劇院興起後已淪為二輪戲院，可悲的是已然冷清的二輪戲院，更成了失意失業之人暫時避風港，而非休閒娛樂之處。

前後不過多少年，東海戲院（「一加一影城」）竟已呈現如此之大的對比差距。

這不正是一場戲嗎？

「一加一影城」最終也因不堪長期虧損，與許多中區本土老戲院一樣，走上結束營業的命運。「一加一影城」在民國九十二年（西元二〇〇三）五月十八日風雨來襲時，做最後的營業，那日之後，華麗是舊日記憶。

一如人生起起落落，現如今多少人留存那處往昔的美麗，若只殘留老舊戲院招牌、電影看板，真會讓人幾乎要忘記，曾經人山人海只為了擠進戲院。

想想，不禁唏噓。

再想，或許就要低泣了。

中東，藏身小巷裡

中正路一五八巷十一號

民國四十一年（西元一九五二）臺中市中區中正路一五八巷（今臺灣大道一段三〇六巷）十一號出現了一座戲院——金都戲院。

戲院負責人也是樂舞臺老闆之一的賴木生，為了和樂舞臺營運項目做區隔，開業初期以放映外國影片為主。但早期進口的洋片沒有字幕，為免觀眾看不懂影片，金都戲院另以幻燈片載明劇情大綱，與正片一同播映，好讓觀眾了解整部電影劇情。

雖然金都經營者最初具有宏觀大願，企圖以首輪外國電影區隔觀眾市場，但因時代因民風因語言等種種不同，最後並沒能在此經營方向開花結果。

幾年之後，於民國四十九年（西元一九六〇）轉讓他人接手經營，新的經營者大約是盼望能與之前金都時期走出不一樣的風格，遂將戲院改名為中東戲院，放映電影走向多樣化時代。

無論金都或是中東，同一戲院前後期兩個名稱，幼時在家都聽父母親說過，那時尚不解事，從沒想到日後有一日，會對舊城區的戲院有如此之深的眷戀，若早能知道，或許便會好生記下這些庶民娛樂場所的異動。

日治時期的臺中，曾有小京都美名。

後來我時而揣想，不知道最初經營者賴木生是否對於京都或小京都有著某種迷戀，所以戲院取名金都。

當然京金發音本就不同，我這純屬猜測瞎想，完全不足採信。尤其父親往生已久，沒能有熟知金都戲院脈絡的人可以諮詢，否則以父親與戲院放映師相熟程度，對於戲院命名應也能略知一二才是。

端坐戲院的修行

在我還沒出世的年歲，不消多想，父親必然去過金都戲院觀賞過電影。

無論父親觀賞的是唯一沒在臺北放映，描述考古學家與探險家深入阿拉伯禁地而遭到緝捕，其中穿插許多阿拉伯地區奇風異俗的西德電影《大地英雄》，或是描述美國獨立戰爭期間，鐵血英雄深入虎穴血戰蠻酋精忠報國的美國片《虎帳狼烟》，對父親而言，端坐戲院便是一種隔離，一種修行，修整他生命裡的殘缺，隔離他與阿祖的兩極人生觀與生活態度。

觀賞電影是父親的休閒，更多的是緩和緊繃神經的出口。

我始終如此深信。

現實世界與父親相扞格，所有事均不能如父親的意，小京都的老臺中幅員之大，不見得能有父親容身處。

明明滅滅，戲院裡領座員手中那盞燈，照看的，不過方圓幾公尺的範圍，那引領只到座位，再不能多出其他了。

父親的人生起起落落，紅塵裡多的是飛灰亂石，多的是閒言碎語，關不了他人的眼耳口，避開總可以吧！

忍他、讓他、由他、避他、耐他、敬他、不要理他、再待幾年你且看他。

拾得不是那般回答寒山嗎？

父親必然明白只得這樣，否則便更自苦了。

放映室裡的俠義

古來論朋友交情，總不忘提及管仲、鮑叔牙。

他們二人同為商賈，得利都能均分，即便管仲多取，因他家貧，鮑叔牙總寬厚不多計較。迴繞他二人之間的雖是利益，但他們不會將個人利益凌駕朋友情誼之上，故而絲毫不違和，鮑叔牙知管仲饒有才情，甚至薦之為齊相。

古有謂「恩德相結者，謂之知己；腹心相照者，謂之知心；聲氣相求者，謂之知音。」

伯牙、鍾子期豈不是知音的一則佳話？

俞伯牙於返楚途中，八月十五漢陽江口，狂風大浪驟雨不歇，他在焚香操琴間，撥斷其中一弦，因而結識鍾子期。僅是一宿談琴論學，便也成就了惺惺相惜，兩人當下相約來年仲秋再見，然子期病逝失約，伯牙訪他鍾家莊才知悉，後感於知音難得，特為子期操琴一曲，曲罷摔琴斷弦，只因「摔碎瑤琴鳳尾寒，子期不在對誰彈？春風滿面皆朋友，欲覓知音難上難。」

這是怎般的真心交流！

父親與他的朋友間便是這樣的情意，我深深相信，即便我幾乎不曾遇見。

母親或許會說父親那是酒友，但世人誰沒聽過「酒逢知己千杯少，話不

投機半句多」這深有意涵的話語？

那神妙處便在心間，如何與人說？

因此我絕對相信，父親心中必有一個無垠空間，放著珍重，與他的朋友。往往，唯有在戲院，後期的中東戲院，不只我的眼，就連我的心都看見，父親與放映室裡的放映師，不稱兄道弟，卻肝膽相照、情義相挺。

眼盲心不盲的劍客

當我有機會進到中正路（今臺灣大道）一五八巷十一號時，它已經易主，改名為中東戲院好些年了。

那年歲中東戲院經常放映日片《盲劍客》（日語為座頭市）這是一部改編自日本小說的系列電影，主角便是「座頭市」。這是日本作家子母澤寬於西元一九四八年在雜誌連載的作品，西元一九六〇年代拍成電影，推出後受到廣泛迴響，「座頭市」從此成了日本最著名的俠客。

座頭市是在江戶時代一位眼盲的流浪劍客，平時以幫人按摩、賭博維生，心地非常善良。座頭市身上總帶著一把杖刀，只在危急時才會使用那把杖刀，以快速精湛的劍法，將敵人殺個片甲不留。座頭市因為精湛的居合斬法而聲名遠播，因此也不斷在樹敵。

飾演座頭市的演員是勝新太郎，他將座頭市正義使者的形象發揮得淋漓盡致，廣受觀眾喜愛。

記憶深刻是有一回，大約小學一年級吧！

晚餐後父親載我去成功路的牙科診所拔牙，之後為撫慰拔牙後仍陷在疼痛之中的我，便在我耳畔說了「我們去看『千巴啦』喔！」我一聽立刻轉苦為樂，因為我知道要去看那位眼睛看不見的厲害劍客了，而我卻一直不知道「千巴啦」的意思。

然後父親踩著腳踏車，載著我從成功路向車站方向騎去，沒多久轉進中正路一五八巷，等父親將腳踏車停入車棚後，我們父女倆就熟門熟路的走向貼著戲院外牆的那座高高鐵梯。

爬到鐵梯最高點，那兒有一扇門，推門進去就能直接進入放映室，盲劍客已等在那兒了，父親的好友放映師已準備好播放了。

父親喜愛盲劍客座頭市，必有他膜拜的理由，我想我明白。

但我的明白，不在我小學一、二年級時候，而是現在。

沉在記憶深處的鐵梯

夢裡都有那座鐵梯。

從來不曾厭倦爬那座鐵梯。

關於中東戲院的記憶，止於小學二年級。

小學三年級父親車禍受傷斷了腿，就醫三個月。

這是分水嶺，此後，父親的心境大異於前，觀賞電影，再不是他生活休閒的選項。

瘸了一條腿的父親，每日看著自己殘缺的軀體，心似乎也漸次染上了殘疾。父親或許收斂了大方，可卻躲藏起自己，那之後，父親獨與杜康交流，再沒有其他伙伴，直到他人生最後，都是舉杯邀明月對影成三人。

所以，我再認真翻找記憶，翻來覆去，還是只有座頭市和戲院外的鐵梯。記得住的，中東戲院觀眾席或放映室，看過的電影，竟然只有盲劍客。究竟，還有些什麼已沉入記憶最底處？

南華，等候的歇腳處

與眾不同的戲院

民國六十六年（西元一九七七）啟用的戲院，負責人是林宗賢。

這時節臺中的首輪電影市場已趨飽和，何以仍然有人敢於挑戰冷酷的休

閒娛樂市場？然而，另類的想法往往能開創一片天。

開設戲院的地點與眾不同，選在偏遠的南區，南區唯一。開發新市場，鎖定學生族群；手法翻新款，放映二輪影片。

當時南區有中興大學、靜宜文理學院（西元一九八七年遷至臺中市沙鹿區，西元一九九三年更名為「靜宜大學」，並開始招收男生）、臺中高農、臺中高工、臺中家商、明德女中和宜寧中學等多所大學與高中職，學生族群龐大，另類思維果然打響名號，自開幕以後營運始終不錯。直至電腦開始普及之後，網上欣賞影片十分方便，電影生意才開始下滑。

經營者必得有與時並進的思考，方能在困境中屹立不搖。

南華戲院經營者頗具巧思，為因應網路時代的變化，戲院開始放映非商業的冷僻電影，提供不同族群對於不同類型的欣賞需求，倒也殺出重圍，頗有成效，也才能持續經營。

本應絕緣的南華

南區正義街的南華戲院，孤陋寡聞的我完全不識。

那時節一來家境清苦，二來我方年少，戲院是絕緣體，何況還是遠在南臺中的正義街，根本無緣一探究竟，更遑論戲院裡看電影。

照理說，南華不在中區，逾越了書寫初衷的中區關切，但若放眼老城區，又怎能以行政區硬做區隔？更何況數年後我正青春，南華與我雖無直接接觸，我的生命卻因南華而有了喜樂。

間接與南華戲院有互動，是戀愛之外一章。

依據個人所搜尋的資訊顯示，南華是截至民國一〇六年（西元二〇一七）還持續營業的臺中「耆老」戲院，顯示座落臺中市區邊陲的南華戲院，禁得起時代輪轉歲月洗禮，無論老城區如何蕭條沒落，它始終安立一方。漫長歲月裡提供臺中市民，尤其是南區子民休閒娛樂處所，姑且不論南華只是二輪戲院，它究竟也恰如其分的扮演了娛樂的場地，且在某種程度讓市民在娛樂開銷上不致有過多負擔。

所以，一張電影票可觀賞兩齣電影，怎不好？

不過是，比起首輪電影院放映時程慢了一些。

但因此不需與人搶著排隊購票，不需多花費爭著搶購黃牛票，更不需擠在滿滿是人的戲院裡吸著已然稀薄的空氣。

好整以暇，悠悠哉哉南華看電影去，多愜意啊！

他來了，才知有南華

非常有趣的一件事，多年後回頭去看，還是沒能很明白。

無論是六年小學，或是國中高中六年，甚至直到大學之後，都一直不知道母親年輕歲月中有過和電影相關的工作經歷。

生活裡常有一些事，總在忽然間才知道原來曾經有過，原來父母年輕時曾在臺中市府共事過，母親還是父親的下屬，當然這些事與電影無關，可後來知悉，卻又覺得父母宛如演了一齣戲，而這戲，竟就藏在我們的生活裡。

除卻這些，我們必然也有過一種經驗，那便是某處曾經有座建物，而且那建物有某個吸引世人的點，可我們卻只因為平日的生活範疇不在那處，而未加以留心，然後疏忽疏忽，以致以為從來沒有那建物。

南華戲院之於我，便是如此的視線之外。

我一直不知道臺中有家戲院叫南華，在南區。

我也一直不知道，許多莘莘學子喜歡到南華戲院看電影，包括我就讀學校日夜間部各系學生。

直到數年後我正青春，在戀愛的氛圍裡甜甜蜜蜜。

南華戲院突的就撞進我的生命，我怯怯但歡喜，甚且有些兒沾沾自喜。

但我不是和男友去南華戲院看電影，是那個追求我的男學生，從滿是風的城市跳上火車直奔大墩而來，可我在上課（後來是我在上班），他只能等待。

為了等待，男友鑽進南華戲院裡，不同影片不同角色不同季節陪著他癡癡等候。我不知他會否唱《痴痴地等》這首歌？

「不知道是早晨，不知道是黃昏，看不到天上的雲，見不到街邊的燈。黑淒淒，陰沉沉，你讓我在這裡，痴痴地等。」（《痴痴地等》作詞：陶秦／作曲：王福齡）

或許他心裡是這般唱著，然後看著電影，等著，癡癡。

有時看過一片，我便下了課（或下了班）；有時二輪戲院放映的兩部片子都看完了，他還能有時間搭上一段公車，或者安步當車就走到我的學校來。

時間恰恰好，正是該共進簡便餐食的時候了。

過客的專屬歇腳處

這一繽紛總讓我不經意的就竊喜起來，有個人在某一處「癡癡」的等你。

然後他便很習慣的把南華戲院當成專屬歇腳處，在他自風城飄來時。

想想也好笑，戲院負責人原先設定的學生族群，絕對不會包含風城那所工學院（當年還未改制大學），可真真就有風城的大學生來南華看戲，而他不是臺中人，他並未賃居臺中，他真的不是歸人，僅僅只是臺中的過客。

是理工人頭腦清楚，會四方打探搜尋可用資訊嗎？否則他從未問過我，就算他問了，與南華戲院絕緣的我，也無法提供相關訊息。

但他就是尋到了，多少是佩服他的。

真要細細計算的話，這位男士在南華戲院看過的電影，絕對超過市區裡與我同去欣賞電影的次數。

我能怪他獨樂樂嗎？

等候，成就了美麗

他說他去正義街的南華戲院看電影，正義街在哪裡，我從來不問。

我沒想去南華戲院看電影，他也絕不會在欣賞過兩齣電影，好不容易等到我有空了，回頭再把自己和苦苦等候到的這個人一起塞進戲院裡。

所以，他也從不會仔細描述南華戲院的位址。

一年又一年，春去春又來。

他來了，我不知道，那年歲沒手機。
他來了，我知道，他已在南華戲院看完兩齣電影。
有心，有愛，就有美麗。
然後，某年的夏日颱風季節，我隨他走了，離開臺中，落籍港都。

虹：獨領風騷

聯美，青春最美

電視時代下的戲院

臺灣在民國五十一年（西元一九六二）進入了電視娛樂的時代，第一家電視臺臺灣電視公司開播了，雖然最初只有北部地區民眾能夠收視，但很快傳輸至中南部的天線架設完成，中南部民眾也能收看到臺視公司的節目，即便初期節目類型及選項貧乏得很，但因是新興娛樂項目，還是很快便牢牢地吸引了島上人民的關注。

緊接著民國五十八年（西元一九六九）第二家電視臺中國電視公司也開播了，兩年後的民國六〇年（西元一九七一）第三家中華電視公司跟著開播，三家電視臺多樣的節目內容大幅改寫了全臺民眾的娛樂習慣。

臺中自明治三十五年（西元一九〇二）設立第一家劇院「臺中座」以來，臺中市民已經習以為常戲院看劇的娛樂型態，也因此無聲無息的崩解了，原先發展蓬勃的電影事業、乃至遍及全市各區大小不一的戲院，都被這波新興娛樂擠兌得紛紛關門歇業。

有道是危機中隱藏了轉機。

富於求新求變的經營者，必會在暗潮洶湧的新式娛樂競爭下嗅出生機。

臺中市第一家以大樓為經營主體的戲院，便是位於中區市府路的大樓，出資方為豐原「英外科診所」（民國三十五年設立，民國四十九年為擴大服務豐原地區民眾，升格為英綜合醫院，民國九十一年八月一日起委由中國醫藥大學醫學中心經營）。

負責人登記為英呂垂音的「聯美戲院」（張勝彥編纂的《臺中市史》中標註民國五十六年成立，而林良哲撰文的《臺中電影傳奇》則記載民國六十一年開業）。英氏娛樂產業中除了聯美戲院，另外也經營聯美歌廳，那時代不少走紅的演藝人員都曾在聯美歌廳駐唱。

聯美戲院既是以新型態之姿現身臺中娛樂圈，便是要以領頭羊的角色帶領戲院新風潮，彼時聯美戲院都是放映首輪西洋大片，如六〇年代劇情為敘述一位奧運馬拉松金牌選手故事的勵志電影《奪標》，不但電影賣座，該電

影的主題曲《MY WAY》膾炙人口一直傳唱至今。

我在高中時經常聽到三姊唱著這歌，後來自己學著學著也會唱了。

「And now, the end is near
And so I face the final curtain
My friend, I'll say it clear
I'll state my case, of which I'm certain
I've lived a life that's full
I've traveled each and every highway
And more, much more I did
I did it my way……」

沒錯，自己走自己的路。

該你闖的關，沒人能替代。

絶佳的地理位置

聯美戲院所在地正好在臺中公園旁邊，六〇年代那一區是當時臺中市最

繁榮之處，凡是來臺中公園遊逛者，或是青年學子假日相約公園會面，或許便會在福至心靈時走向聯美戲院，看一齣高規格的西洋影片，達到真正休閒目的。

那年代大學生交友約會仍以觀賞電影居多，一些與生活相關議題拍成電影後，青年男女常也能就影片交換彼此看法，也算很不錯的溝通交流。

畢竟聯美戲院具新時代風格，且播放的都是最新上檔影片，頗受當時代的年輕人喜愛，經常一票難求，販賣黃牛票的生意應運而生，有些觀眾為能先睹為快，也敢於砸錢購買高於正常票價許多的黃牛票進場觀賞。

那是臺灣經濟將起飛之前的年代，大都市的建設已經朝著打造高樓在進行，正巧民國六十三年（西元一九七四）美國福斯公司與華納公司聯手打造了一部災難片，劇情是描述一棟一百三十五層超高摩天大樓，因電路工程偷工減料，在大樓開幕當天引發火災，致使豪華樓閣瞬間墜入人間煉獄的災難電影《火燒摩天樓》。這部電影在當時是創舉，一來開啟了高樓救災與逃生的高度警覺，二來或多或少都給當時代觀眾一個新的啟發，公共安全是不容忽視的。

那麼，進入戲院觀賞電影，會不會遇上發生火警的時候？觀眾做好了心理準備沒有？有足夠的處理對策嗎？

聯美戲院也在大樓裡呢！

有戲院也有歌廳

七〇年代的臺中，出現了一種娛樂次文化，歌廳裡邊吃牛排邊欣賞歌手表演，這應是所謂的歌廳秀前身。

只是也頗是令人生疑，到底民眾是進了餐廳，享受美食的同時來點音樂欣賞？還是到歌廳聽歌看表演，順道再祭祭五臟廟？

那時節舉凡家庭聚會或是親朋好友同事慶生，選擇一家可聽歌可看表演並可進食的場所，是一種流行，若沒跟著趨勢走，有可能會被視作落伍了。

畢竟眾人都希望被看作是走在潮流尖端者，那怎能不隨之起舞呢？

我也進過這樣的場合吃牛排看表演聽歌星演唱，那是新婚後幾個月回臺中，當時因姊夫工作關係暫住臺中的三姊，極其熱情的邀請我夫妻二人，地點便是熱鬧非凡，又是歌唱又是表演又有熱騰騰美食的歌廳，不但唇齒努力進食，眼耳也不得閒的盡收許多聲光刺激。

只不過，到如今，我還是理不清楚是去了聯美歌廳看秀呢？還是另外哪家也在臺中興起如此時髦象徵的歌廳？餐廳？

額外的遊樂場

許多時候是時勢造就了興隆的生意，六〇年代聯美戲院既占地利之便，亦因新式美輪美奐高檔設備吸引消費者向它前來，為了照顧廣大消費群，後來在聯美戲院所在的大樓地下室成立了「金馬遊樂場」，與放映二輪影片的「金馬戲院」，一來讓來聯美戲院看電影的觀眾不致因為電影場場客滿而失落，二來也與聯美戲院的觀眾群作了簡易區隔。

對於喜愛看電影，但運用在休閒娛樂款項不高的民眾，金馬戲院的設立是一大福音，他們不需要苦苦排隊等候一場又一場，也不需要以高過自己預算的金額去購買黃牛票，只為早一時看到想看的電影。

換個角度想，花費自己能夠支付的金額，甚至比原先要買聯美戲票低一些的價格，就能夠看到想看的電影，不過是慢了些天，又如何？

早一時，晚一時，電影情節不都入了眼入了心？

什麼時候看，哪間戲院看，又有什麼差別？

有必要限定聯美戲院嗎？

青春並不長久

青春，不長久，無論人或建築。

放映過《火燒摩天樓》的聯美戲院，彷彿被下了詛咒似的，民國八〇年（西元一九九一）五月七日在一場大火中崩毀了，距離開業起始日，也不過二十來年。可若是營業之初趨之若鶩的雙十青春男女，歲數再添二十，恐怕最少最少都要進入不惑之年了。

不惑，可就不青春了。

不青春，便禁不起折騰。

烈火紋身之後的聯美，仍然要再認真展現優雅華麗，那必得讓觀眾再記憶起舒適的座椅與寬敞的銀幕，然後翩翩來到聯美戲院欣賞電影，好享受那一流的服務。最好是從售票員到剪票員再到帶領員、放映師，乃至福利社銷售員工，都要能讓進入戲院的觀眾有賓至如歸的感受。

但，逝去的歲月不會再回頭。

青春，真的不長久。

聯美，只在記憶裡。

合作大樓原是公祠

臺中中山公園外的合作大樓，其實是清朝敕建的林剛愍（文察）公祠。清同治元年，四張犁的戴萬生舉亂，阿罩霧的林文察成功戡亂，之後林文察在征討太平天國時戰死福建漳州，清廷為表揚林文察，於臺灣第一任巡撫劉銘傳任內分別在漳州與東大墩兩地建了專祠。

之後，於日治時期市區改正時，此地被編為寶町和錦町。

民國四十一年（西元一九五二）至民國五十一年（西元一九六二）的十年期間，此處是宜寧中學的用地，但因此地過於狹小，難以發展成學校，校方遂另覓南區復興路二段樹仔腳地段辦校。

民國五十六年（西元一九六七）時任臺中市長的張啟仲，將原宜寧中學校地改建為合作大樓，合作大樓隔了平等街與光復國小遙遙相望，而與臺中公園則隔著一條公園路，也就是由公園路、市府路、光復路與平等街所圍成大約一公頃的完整街廓，由臺中市中區合作社興建，臨公園路這一冊完成物是十層樓的觀光大樓，而沿著市府路、光復路與平等街的ㄇ字型區塊，則是

建築成五層樓的店鋪公寓，和中央有五層樓高的豪華與聯美戲院等三種不同類型的建築。

兩大戲院之一

與聯美戲院相鄰的另一家戲院，所在地是光復路六十二號的豪華戲院，從豪華戲院走幾步路就到市府路了。

在張勝彥編纂的《臺中市史》中，豪華戲院標註了民國五十六年（西元一九六七）成立，而於林良哲撰文的《臺中電影傳奇》中則記載民國六十一年（西元一九七二）開業，兩人所記錄的豪華開業時間都與聯美戲院相同。

至於實際情形如何，恐是得尋找到更精細的資料加以釐清，否則便是需要經營者家族的翔實紀錄了。

豪華戲院既然與聯美戲院比鄰，便也距離中山公園不遠，而兩家戲院在商業競爭下，在影片上爭相搶著拔得頭籌上映，或是各以不同訴求的影片來吸引觀眾，偏偏兩家戲院放映的影片又都是評價極高膾炙人口的好片，觀眾大排長龍等著買票，販售黃牛票的人頭不停鑽動的場景不會少見。有些人看到豪華戲院門口不知尾端在何處的人龍，B計畫便立時啟動，轉個彎到聯美去了。

這情形也不乏觀眾自聯美戲院而來，總之是廣大的電影人口讓豪華與聯美兩家戲院，默默中交流了生意。

差點乾坤大挪移

回溯過去臺中市熟知的戲院脈絡時，原是深深記得豪華與聯美在同棟大樓，但不同出入口，所以地址一家在市府路，一家是光復路。

可一開始腦海裡總生生將這棟大樓搬過了自由路，想成是包夾在自由路與繼光街的街廓裡，幸好思路還算清楚，立即發現有誤，那一個區塊，時至今日除了過去的綜合大樓與遠東百貨、龍心百貨，何曾再有其他大樓出現？

幸好有臺中中山公園。

只要想到中山公園，整個人就回神了。

戲院在公園附近，就不可能跑到第一市場鄰近綠川了。

人的記憶有時也不太牢靠，所以一再回溯重整，也一再詢問姊姊們，還一再查閱相關資料，為的是確認真真實實存在一個地點上的豪華戲院。

想來，進入過這棟合作大樓的民眾已不計其數，絕不是千人萬人，也許是臺灣人民總數的數倍以上吧！

想著，就有難以形容的恢弘。

戲院名為豪華，實至名歸。

天雨時我走過

一年四季不定時便下了雨，那些年我的包包裡日日備下一把折疊花傘，這習慣打小便養成。

小時候忒愛聽「淅瀝淅瀝淅瀝嘩啦嘩啦雨下來了，我的媽媽來了來了帶著一把傘，淅瀝淅瀝嘩啦嘩啦啦啦啦。」

可我始終沒盼到媽媽送來一把傘。

小學六年，乃至後來的國中高中，我的書包裡除了課本作業簿，必然還有一件雨衣。母親是職業婦女，全心在工作之上，禦寒防雨這等生活小事，平時自己便得要留意。

所以，我書包備了雨衣，有備無患了。

上了大學之後，隨身換成帶上一把折疊傘，隨時派上用場，遮陽避雨。

唱著戀曲時，男友若是南來，踩街閒逛看電影坐公園都有情味。天氣可沒隨人心情，都是朗朗大晴天，有時不預警的雨便下了下來，它想下得大就劈哩啪啦沒頭沒腦的狂往地面灌水，它若不想折騰人了，就會收斂一些輕輕飄些雨絲，反添了幾許詩情畫意。

走在市府路也罷，走在光復路也一樣，一把傘便開開合合的，全因騎樓或許暢通，若遇上店家堆放了什麼，就得走出騎樓，不撐傘怎行？

湖心亭看人划船

戲院距離中山公園不遠，電影散場後到公園走走看看坐坐，不失一種選擇。

臺中中山公園建於明治三十六年（西元一九〇三），比「臺中座」劇院的興建慢一年。公園裡最有名氣的「池亭」，即今日之湖心亭，為雙併式頂的涼亭，內為同一平臺構造的水上建物，屋頂尖端以四脊圓弧交叉為頂高設計之造型，並以四十五度旋轉正方體建構而成，於明治四十一年（西元一九〇八）完工。

原是臺灣總督府為迎接前來主持「臺灣縱貫線鐵路全通式」的日本載仁親王而臨時興建的「御休憩所」，由於造型優美而得以保留下來。

起初作為日本皇族休憩所的湖心亭，由於門禁森嚴，一般民眾根本無法接近。直到大正三年（西元一九一四）才開放給市民參觀，湖心亭因此逐漸在臺中鄉親心中生根，後來更進一步成為中臺灣熱門的旅遊景點，臺中市民心中的地標、全市的精神象徵。

還在臺中那些年，也沒少去中山公園走走，偌大的公園走累了，便坐下來看看遊園的人群，經常是進到湖心亭，看著情侶雙雙划著小船遊湖，別人戀情正酣，旁觀的我也為人歡喜。

站在哪裡看豪華

其實從中山公園這方向望向合作大樓，是無法看到豪華戲院的，但我若告訴你，我真看見了豪華戲院，你怎麼說？

時間滴滴答答往前進，我沒忘記豪華戲院。

豪華戲院卻已無能為力回應了。

中央五層樓高的豪華戲院，容納過多少觀眾，那地面那牆壁那座椅即使還放置在戲院裡，怎記得哪年哪月哪日誰來過誰摸過誰坐過？

無論我張著眼閉著眼，我都看見豪華戲院，真的。

北風呼呼吹的時節拉高了立領，中央書局下公車，趕著去豪華戲院看電影；春天來了，薄薄春衫輕盈了心情，約好了看一齣青春大喜劇；夏日炎炎，揮汗如雨，快快躲進戲院吹吹冷氣；橙黃橘綠時，好景君須記呀！

一定要記得呀！

那年青春正盛，在豪華戲院裡看了多少美麗。

森玉，帝國大反擊

許久後才知道的興民街

小時候對很多街道完全不認識。

自家門前那條路，上下學必經的那些路，我或許還清楚，但若是整座城區，你問我哪些路名街名，我怕是要張著大嘴，一個字也說不上來。

慢慢長大後，心思多放了些在周遭環境，才開始去記走過的看過的特別的喜歡的一些路名，所以九歲那一整年在中華路上來來去去，便記下了中華路、大湖街、中正路、民族路和民生路，從此牢牢不忘。

可我沒透視眼，穿透不了那些平房和洋樓（那年代還沒現今這麼多大樓），完全不知道文樂戲院後面還隱身了一家戲院。

這一家距離中華路一段安由戲院和文樂戲院都不遠的戲院，位址是興民街十五號，依據張勝彥編纂的《臺中市史》與林良哲撰寫的《臺中電影傳奇》記載，這家戲院成立時間比安由、文樂兩家戲院晚，但比五洲戲院和新舞臺戲院就早一些了。

這一家戲院，就是如今戲院建築仍然屹立興民街的森玉戲院。

電懋電影的直營戲院

森玉戲院成立於民國四十九年（西元一九六〇），最初是香港電懋電影公司的直營戲院。

電懋電影公司為新加坡商人陸運濤所設，建立了「專屬藝人」制度，運用龐大資金進行一貫作業，包含製片與經營戲院。電懋電影公司因此直營手法而蒸蒸日上，在當時的電影市場上是能與香港邵氏公司相抗衡的公司。

森玉戲院因為是電懋電影的直屬戲院，在當時，理所當然的便是以放映電懋電影公司製作的粵語片與國語片為主。

喜歡欣賞粵語片或國語片的臺中市民，自然是不會錯過森玉放映的片子，不難想見戲院裡看電影是唯一休閒娛樂的年代，那些年走在中華路上的人們，從文樂戲院拐個彎走進巷子就可到後面的興民街，看一場不同於文樂戲院放映的電影，是休閒也是殺時間啊。

之後因電視娛樂崛起，在家對著電視機也能有聲光享受，專程走一趟戲院看電影的熱勁隨著時間日漸消退，電影行業與戲院經營面臨有史以來最嚴峻的考驗。以商業營利角度著眼，電懋電影公司很快棄守戲院直營的版圖，森玉戲院遂回歸自主經營，戲院負責人蕭氏家族一本初衷，仍以放映首輪電

影為主要經營方向，於是風格一轉而為以放映西洋影片為主，直到民國八十八年（西元一九九九）實在不敵快速轉變的民眾休閒品味，近四十年的戲院才宣告關門結束營業。

觀賞電影的空窗期

可能因為森玉戲院藏身興民街，而我，小學年代最最熟知的僅僅中華路，從來不知道文樂戲院後面還躲著一家戲院。

其實，就算那時我知道有森玉戲院，又如何？

小小年紀的我，能有機會自己一人闖蕩臺中市區嗎？能有零用錢去看電影嗎？

再大一些，國中時候呢？

國中三年，家住中國醫藥學院後側的大德街，就讀的學校是位在水湳的大德國中，可這兩個大德卻是天南又地北。從賴厝庄搭乘擠成沙丁魚的九號公車，沿途有曉明女中有空軍醫院，每站都有上下車的人潮，一趟車，不論是早晨上學或是下午放學，少說都得半個鐘頭以上，這還沒將候車時間併入計算。

那時節星期六上半天課，每週有週記有書法得寫，還有各個科目的作業

得做，更有大小不等的各科平時考得準備，一天半的週末假日根本不夠用，哪還有閒情逸致上街去看電影？何況我自知天分不高，壓根都不敢先甘後苦，那實在是自己付不起的代價啊！

也幸好，那時懵懂的我，還沒戀上電影，否則準沒救了！

高中呢？三年沒日沒夜的學習，學校在鄰縣，更是摸黑起早趕專車上學，放學一趟路返家也已是萬家燈火了，投入所有精神只為窄門一役，這時如何敢癡心妄想電影世界？無論數學老師是蓄意還是無意，那《孤雛淚》（其實是《孤雛淚》）之說，也沒引發我想去戲院觀賞這齣描述因不倫戀而懷了身孕的女子，在倫敦近郊的救濟院偷偷生下一名男嬰，之後黯然離去，那不被祝福的可愛男嬰奧立佛，甫一出生就成了孤兒，注定童年坎坷劇情感人的電影。

青春年華裡繁重的功課，壓得我沒敢去碰觸會賺人熱淚的電影。

國高中共六年，我似乎沒去市區晃過幾次，若去了中區，大約也是中正路、成功路、中華路一代隨家人購物，與民街則是完全沒去過。

如此，也經過幾十年了。

戲院斜對角的餐廳

三姊到如今，都還經常提到她結婚的歸寧宴餐廳是在森玉戲院對街，到底婚宴令她印象深刻，還是森玉戲院是她記憶中無法淡去的一頁？

可若我問她哪家餐廳，她卻又記不得了，顯然森玉戲院烙印人心的能力略勝一籌。

但我對三姊歸寧宴相關的所有事一無所知。

若三姊那一場婚宴我去了，不說對桌次、菜色、賓客會有所了解，就是餐廳名稱和位址我也都會記得清清楚楚。

可我到底是沒去到喜宴會場啊！

那一晚，我肩負重大使命。

三姊暮冬結婚，大姊和二姊分別秋日產下麟兒，彼時兩個小外甥約四個月左右，正需專人照顧時期。那麼小的娃兒不適合人多嘈雜空間，也正巧兩個小外甥與我這小阿姨的相處不違和，於是我和兩位小帥哥留守，讓其他家人共赴喜宴會場。

雖是我缺席了三姊的歸寧宴，可家人一致肯定我的「勞苦功高」。勞苦不假，兩個差不多大的娃兒，差不多時間要喝奶，還只得先泡一瓶奶餵飽一

個再餵另一個，還好兩枚小阿哥也懂得體恤小阿姨只有一雙手臂，不會無理取鬧，當然第二位進食的小娃娃多了點福利，那便是能享受小阿姨腳丫子搖晃的節奏感。

一晃眼，多少年過去了，當年的男娃娃也有人開始成家奶娃了！

然後，三姊又說了，那裡有一家麵包店，不記得是麵包店的地下室還是二樓，是歌廳，她不記得歌廳名稱了，但她記得鳳飛飛曾經在那歌廳駐唱過。

後來，二姊發聲了，二姊說歌廳在二樓，是「西北大歌廳」，那年歲很多人喜歡鳳飛飛的歌聲，指不定二姊還去西北聽過現場的呢！

不然，她怎記得這麼清楚？

戲院已閒置

有許多與我一樣關切老臺中所有事的市民，或刻意來趟戲院巡禮，或無意間走過，然後發現，森玉戲院建築仍然完好矗立在屬於它的地方。

可戲院已不是戲院了。

不曉得，拉下鐵門的森玉戲院裡面，過去近四十年放映過的電影情節，會不會在哪一個座位，或舞臺哪一個角落，或戲院的哪一處空間，以著我們

森玉戲院

想像不到的方式重新演繹。

人有精魂，人所擔綱演出的電影也會有電影劇情的奧秘吧！

聽說森玉戲院在民國八十八年（西元一九九九）結束營業前最後放映的電影是《帝國大反擊》。

《帝國大反擊》是《星際大戰五部曲》中的第五集，這是一部美國科幻片，劇情描述銀河帝國的超級武器「死星」雖被反抗軍摧毀，但殘餘勢力再度興起。反抗軍節節敗退，在苟延殘喘中期待曙光乍現。天行者

路克走上絕地武士一途，並面臨抉擇該走向光明或向黑暗而去。

那森玉戲院未來之途呢？

若有人也有機會重振臺中老戲院面貌，森玉戲院以建築主體仍完好無損，恢復舊觀應是輕而易舉。

可電影的放映呢？有譜嗎？

這個3C充斥的年代，真有多少人願意走進時光隧道，走進一間與今時超舒適小廳院式風格不同的戲院？

還是懷舊只是一時興起、一時風潮？

中森，社會寫實片

位在金銀珠寶街

臺中市成功路四九〇號，接近原子街口，有一家中森戲院。

其實這地區已經離了中區進入北區行政範圍，可這家戲院也有著許許多多老臺中人的記憶，說到戲院，怎能不提起？

在臺中，從車站旁開始直到五權路為止的成功路，一路開了為數不少的金飾珠寶店，說是一條珠寶街也不為過。許多家庭為子女談論婚嫁時，少不

得要準備珠寶首飾，肯定會一回一回來來去去走逛成功路，總得選上成色花樣都盡如人意的飾品，那可是男方送給女方婚禮上要配戴的啊！

當然也有娘家母親或親戚買下金飾給新嫁娘添妝，款式大方價格合理則是考量重點。我家姊妹四人各在不同時候出嫁，不知母親是不是也成功路上走了好幾回？為我姊妹選著她的心意。再後來她娶媳時，想來更費心神了，項鍊手鐲耳環戒指都得備齊，指不定也是想過一日又一日，一趟又一趟的走著成功路。

母親服務的臺中區合會於民國六十七年（西元一九七八）改制為「臺中區中小企業銀行股份有限公司」，母親調派的北臺中分公司就在中正路近原子街，這年我還在大學裡就讀，成功路我走過許多回，也曾陪著母親去成功路二一二號的「媽祖宮」（萬春宮）禮拜媽祖，應該也是進過幾家銀樓吧！或許有哪幾家銀樓還是母親所服務的銀行客戶呢！

那麼，母親送給三個姊姊的金飾，我參與過意見嗎？

實在太久遠了，記憶模糊。

就連於民國五十七年（西元一九六八）開幕，最初以放映首輪西洋影片為主的中森戲院，我都印象極淡，淡到幾乎無色。

學生觀眾群

中森戲院所在位置鄰近五權路，距離英士路一〇九號的臺中二中與學士路九十一號的中國醫藥學院（民國九十二年八月改名中國醫藥大學）都不遠，十來分鐘的行走路程，都是可負荷的體力承載，每逢週末假期自然吸引許多學生前來觀賞。

事實上再遠一些位在西屯區文華路一〇〇號的逢甲工商學院（民國六十九年改制為逢甲大學）的學生，從西屯路來，不論騎腳踏車或機車，甚至搭公車，要到中森戲院也還是在可接受的路程範圍內。

加之以中森戲院經營之初，放映的影片都是當時頗受學生歡迎的西洋影片，亦即學生是中森戲院最大宗的觀眾群。

姊姊與我都曾經是學生，但我們都不可能是臺中二中學生，我們四姊妹也沒人就讀逢甲或中國醫藥學院，唯一可以稍作連結的是，我們住在中國醫藥學院後側的大德街，若從住家到中森戲院看電影倒也不遠。

姊姊們到過中森戲院看電影嗎？

我去過嗎？

只能說，那些年我和中森戲院失之交臂了。

社會寫實片

猶記國高中時期，社會氛圍有著濃濃西洋風，大學生郊遊時總提著手提錄音機，放的是西洋歌曲，若因郊遊相識而開始約會，看的也多是西洋電影。可社會脈動不會一成不變，許多改變都在靜默中悄悄的一點一滴慢慢翻轉了，都得等到突然發覺怎不一樣了，才驚覺原來早從外在噬進骨子裡了。

電影風潮的改變應也非一朝一夕。

中森戲院何時從放映西洋電影改成播放國語寫實片，大約也很難有人想得起來了。不過，民國六十八年（西元一九七九）轟動一時的社會黑道寫實片，由楊惠姍（今日的琉璃藝術家）主演的《錯誤的第一步》就實實在在在中森戲院上映，而且還造成轟動，其結果是不僅這部寫實片大賣，楊惠珊也因這部影片聲名大噪。之後許多電影公司一窩蜂製作這一類型的社會寫實黑道片，和女性復仇系列的電影，那幾年這類影片如雨後春筍般不斷地冒出來。

社會寫實與女性復仇電影風行的那幾年，這類型的電影大多數都在中森戲院上檔，中森戲院儼然是臺中市社會寫實電影代言戲院。

四、五年級生大約都記得《賭王鬥千王》的寫實影帝王冠雄，以及《女

王蜂》的復仇女神陸一嬋，這些寫實片在和許多銀樓珠寶店同在成功路上的中森戲院放映，在見證早年成功路精品店家群聚繁華熱鬧之外，或許也產生相當的震撼作用，宵小歹徒恐怕也會因戲院看板上那逼近真實的影像氣焰，而不敢越雷池一步吧！

走過卻視而不見

當我國二時，曾經有幾個月跟著同學，在原子街的一個數學教室出入，其目的只為了提升數學的解題能力。

記得是週六日的課，我從家裡出來在大雅路搭上九號公車，公車駛出大雅路會右轉五權路，再由五權路左轉中正路，只要過了原子街就該下車了。

下了公車，害怕隨即爬上身來，實在是恐懼中正路上川水般的車流。更小的時候中正路在我眼裡是頭會吃人的怪獸，短短小小的腿要穿越中正路，感覺登天一般，耗時久，而且難。中正路上呼嘯而過的車，多如過江之鯽，才游竄過一尾，很快又竄來一條更大的，過個中正路就怕要到天荒地老了。

心裡總說著：快，沒車，就過去。

可偏偏心驚膽戰，躊躇再躊躇。

那噩夢是從小就染上的。

提心吊膽了好多年，終於十字路口有紅綠燈了，然後常常在電視裡看見宣導交通安全短片，就會聽見播放這首「清早上學去，走路守秩序，大家靠邊走，路上別遊戲，人行道保平安，斑馬線最安全，穿越馬路最危險。紅燈一亮我就停，綠燈一亮可通行，放學快快回家去，平安回家去。」

我真的很希望每個人都遵守交通規則，我就不需再害怕馬路上橫衝直撞的大小汽車和摩托車。

可我已經從小怕到大，下了九號公車，睜大眼左右兩側輪流盯著瞅著瞟著，就算是可通行的綠燈，就算是走在斑馬線上，仍然潛藏了看不見的危險，所以一邊快速通過還得一邊自求多福呢！

只要越過中正路，直走原子街進去，才能放下心來。這一段路理應會遇上許多前去中森戲院看電影的人潮，可我如今回溯，記憶庫裡竟搜尋不到這樣的畫面。

難道，當年我真被中正路的車水馬龍嚇傻了，面對滿街瘋狂追電影的市民視而不見？

美好光景不再

新興的多廳式電影院興起之後，善於嘗新的人性促使中森戲院流失不少觀眾，再加上電視與錄影帶的衝擊，戲院欣賞電影逐漸小眾化。但最初創立中森戲院的賴子彬先生必有他對電影事業的熱愛，在戲院觀賞電影的浪潮一再後退時，也開始思考如何營運才能繼續實現夢想，於是中森戲院更改經營方略，轉而以播放二輪電影來吸引觀眾。

一線戲院的榮景不再，退居二線戲院總可以吧！

可現實的無情真如洪水猛獸，避之還真是不及。當經濟不景氣一波波襲捲而來時，中森戲院也難逃關門的命運，戲院的營運終是在民國八十九年（西元二〇〇〇）畫下休止符，完全停止營業了。

如今，你若走在成功路近原子街這處，或許還能看見戲院原來的面貌保留未變。可整體老城區老戲院為了新片戲迷蜂擁而來的氛圍呢？而今安在？

中森戲院的招牌可能還掛著，建築物本身雖稍有斑駁，卻淡淡散發著引人懷舊的情味。

若再往裡鑽進騎樓，興許還能看到之前貼著放映訊息的公告欄，只是你可能得鑽著汽機車的小縫走進騎樓，才能嗅出殘留的一丁點屬於過去的美好

氣味。

我不禁想問，城市往前大步邁進時，我們有沒有失去了什麼？

金城，依偎竹廣市場

小ようこ美麗的往昔

一個人幼年時的美好經歷，必會在心裡開遍美麗的花。

母親在她是小ようこ的年代沒少過戲院看戲的經驗，她的心裡絕對有能夠開出美麗花朵的種子。

那些美好的人生經歷，必定在母親心裡的種子注入飽滿能量，所以母親才能夠有一股實在的精神力量，在往後她人生之路遇見任何苦楚或傷痛、挫折與困難的時候，那種子便神奇的在她心底汨汨生出活水，支撐她去面對、解決或釋懷。

都是一朵花，各有特色的花。

被愛過的人必然懂得愛人，更懂得如何愛人。

小ようこ享受過很多來自養父養母的愛，在日治時期擁有比尋常人家的孩子更多的生活體驗，所以長大後的ようこ也以心底滋養出來的愛，愛著她

的孩子。

母親一定明白生活經驗，對於一個人的成長會帶來極深的影響，她但願那影響能是優質的。所以即便經濟並不富裕，即便她五個孩子個性都不同，但母親仍在能力許可心情也愉快之下，讓身為孩子的我們看場電影放鬆心情，有個健康休閒。

因為母親才知有金城

臺中區合會儲蓄股份有限公司（今日臺中商銀前身）於民國四十二年（西元一九五三）四月奉准設立，八月開始營業，主要辦理合會業務。之後於民國五十五年奉准成立儲蓄部，而儲蓄部便設在中正路上，母親於民國五十一年八月六日進入臺中區合會儲蓄股份有限公司營業部服務，儲蓄部奉准成立後，公司高層即將母親調派儲蓄部。

五〇年代不若今日保全事務均外包保全公司負責，那年代公司所有相關責任都得公司上下一起承擔，於是夜間有男性員工值夜，假日的白天則由女性員工輪流值班。

我便是因為母親才知道臺中有家「金城戲院」。

金城戲院就在母親服務的臺中區合會儲蓄部旁邊的巷子裡，不知道我的

記憶有誤否？若無誤，金城戲院應是在中正路一段六二二巷。

記憶裡在母親公司的左側（面向中正路）拐進去不遠就是金城戲院，只有一個樓層，若我沒記錯，那感覺和文樂戲院、安由戲院不相上下，空間不是很大，但就能讓人在那之中靜靜享受一場電影的樂趣。

靜靜享受，是件美好的事。

那是靜好歲月的年代。

起始與結束都成謎

網路上有網友指出金城戲院於民國五十六年（西元一九六七）就已結束營業。

可我回顧個人生命經驗推斷，金城戲院的關門歇業應該比網友所說的再往後幾年。為什麼這麼說呢？因為我有過幾次金城戲院觀賞電影的記憶，都不是在民國五十六年之前。

金城戲院什麼時候設立開幕，我一無所知，正如我不甚清楚它何時停業一樣。

即便對於金城戲院如此不上心，可對這家戲院仍有印象，而且結合了母親的工作場域，所以明白母親身為職業婦女的辛苦。

人說職業婦女往往有如兩頭燒的蠟燭，在工作上兢兢業業，在家庭裡鞠躬盡瘁。母親一直是很重視工作態度及效率，所以職場上的表現不僅稱職，甚至還很亮眼。這便是母親始終堅持的，要對得起自己的工作項目，對得起被服務的客戶，對得起聘用的公司，對得起教養她的父母，對得起過去所受的教育，最最重要的是對得起自己的心。

所謂問心無愧便是這樣。

母親以著身教教導我，在世上雖無法事事盡如人意，但至少要對得起天地親師與自己。

無愧於心，絕非虛言。

輪到母親週日當值的日子，有時母親會帶著我們一起去公司，我們陪著母親，母親也陪著我們，便有那麼幾次，午餐後母親領著我們走進巷子，把戲票塞給入口處的收票小姐，再叮嚀我們電影看完自己走到公司去找她，然後母親轉身回去繼續值日，我們進入戲院隨著領位員找座位去。

金城戲院空間與設備當然不及後來興起的豪華戲院與聯美戲院，但在當時它也恰如其分的扮演了提供民眾休閒娛樂的功能。

說金城戲院是社區型戲院也不為過，說它是區域戲院也是，總之鄰近竹廣市場的金城戲院，可能周邊住家民眾前來觀賞電影的比率較高。要不，就

是臺中區合會的員工眷屬，以及到合會儲蓄部來辦理相關業務的民眾，因為看著金城戲院的招牌，或是看到電影看板，然後引起觀賞的想望。

雖然我去金城戲院看電影的次數不多，但那都是在我國小高年級或國中時候，年份絕對比網友所說的民國五十六年（西元一九六七）要略微往後了。

臺語國語非英語

人說站在中華路與中正路口，朝北向五權路的方向行走，不需多久，右側一條不起眼的小巷，拐彎進去就來到了金城戲院。從前房屋沒如今的密集，戲院鐵拉門外是個敞亮的小空間，可供民眾購票或候人。

曾經人聲鼎沸嗎？或許有過熱片上映，人龍排到中正路，但我沒遇過。但我清清楚楚知道，金城戲院很具地方性也很愛國，所上映的電影都是國語片和臺語片，印象中沒有放映西洋影片。金城戲院經營者很清楚賓方訴求，也很了解觀眾群的區隔，在那西洋音樂流行，滿街戲院看板都是洋片的年代，金城戲院照顧了險些被邊緣化的觀眾。

深入六二二巷，是一條曲折的小巷。

日治時期此地是有名的酒家區，人稱二四五番，其實指的是中正路兩旁

的酒家區，雙號這邊稱為二十四番，單號那邊則是二十五番，合起來稱作二四五番。

若硬要去找二四五番在哪裡，恐怕要失望了！

但金城戲院並非日治時期就存在，否則便會上映日本片，說不定酒家裡討生活的藝伎們，也會閒暇上戲院看看電影轉換心情。

但到底這只是幻夢，現實狀況裡金城戲院絕對是國民政府接收後，不知哪一年裡冒出來了。

不過可確定的是凌波與樂蒂主演的《梁山伯與祝英台》在金城戲院上映過，客觀來說，以當時臺中市的戲院規模論斷，金城戲院的播映《梁山伯與祝英台》應屬二輪放映。

而我曾在戲院裡觀賞過一齣已忘了片名，但記得是老牌演員石英的妻子吳玲所演出的電影，劇情為何也早忘了一乾二淨，但明明白白記住的是，這是一齣臺語片。

金城戲院的本土路線十分鮮明，之前沒有東洋片，之後沒有西洋片。

到金城戲院看電影的朋友，必然都明白。

ようこ一生的美麗

無論是小ようこ，還是長大後的ようこ，母親心裡始終填著是滿滿的溫馨，我如此相信。

一個人童年裡的快樂，終其一生都難忘懷，終其一生都是美麗的無形的無價的瑰寶，母親幸運擁有屬於她的至寶。

我呢？我也有我巨大且無法丈量的至寶，那便是我得自生長的這座城市所滋潤的養分。

母親青春年華時學過剪片洗片，捲片器她用過否？

人的一生，是不是也如一場電影？

誰持著捲片器，將片子一釐米一釐米的捲進？

當我們在金城戲院欣賞電影時，在公司裡當值的母親心裡想些什麼？她快樂的童年？讓我們快樂的成長？

許多事無法盡如人意，母親少女時的快樂生生被無形之手切斷，她想給我們的快樂，我們每個人是否都如實的接收了？

誰又知道了呢？

塵：中華路上

安由，而今安在？

難忘安由戲院

六年的小學生涯，在四年級那年每天都要來回巡禮中華路一趟，清晨從中華路一段走到二段，下午放學再從二段走向一段，然後回家。

早年臺中戲院興盛時，走一趟中華路，就會經過五洲、安由、文樂、東平和日新等戲院，光是看那些電影看板，就夠讓人遐想半天了。

如果我是從銜接五權路這頭的中華路向著中正路那頭走去，五洲戲院便在我的右側，安由戲院則在左手方向。

我的童年記憶裡，安由戲院在我心中有著神力一般，教我難忘再難忘。

多少年來，安由戲院實實在在鐫刻心版，而這一切均是拜當年學校脫俗

的活動課所賜。

那時我所就讀的學校，是如今已不存在中華路二段一一二號的中華國小。可那時魔法般存在的學校，每學期都會安排一次戲院看電影的活動，參與活動的學生每人繳交一元，然後在電影觀賞日早晨升旗過後，各班老師便會帶隊依序魚貫走出校門，往左朝戲院方向走去，長長人龍井然有序極了，小學生的我們記住老師的叮嚀，出了校門代表的是學校，規矩便端在心中，絲毫不敢放縱心裡那一點點要去戲院看電影的竊喜。

電影觀賞完之後，老師再帶隊走回學校，整支小學生隊伍中華路上昂首闊步，那是行軍、遊行之外另一款當年的都市風景。

幾個學期下來，想當然耳是有過幾部電影的觀賞經驗，但多年來唯獨那齣韓國電影《秋霜寸草心》鑿痕最是深刻。

一齣改編自韓國小學生李潤福的日記，為了生活，小孩販售口香糖的劇情賺人熱淚，戲院裡唏噓聲不歇與吸鼻子拭淚情景，依然歷歷在目。

許是清貧歲月人情相近，臺韓背景雷同；又或者與主角李潤福同為小學生，移情之下紛紛以為自己也那般惹憐。數十年來，當年的黑白片竟也隨著時日累增，自動上了各種色彩，直是繽紛了起來。

這一繽紛總不經意便想起臺中安由戲院，想起時一定得要重溫一回《秋

霜寸草心》。

日治時期存在否？

我所知道的安由戲院，有沒有可能比後來改名為豐中戲院，民國三十五年（西元一九四六）創立的臺灣歌劇戲院，還要早出現在臺中中區中華路上呢？

也許早一年，甚至更早，或許在日治時期便成立，這個推論應也可以由當年（我幼年時）戲院外觀是一片片褐色木板堆疊而成的日式建築可見一斑。

閉上眼，那座不算富麗堂皇但帶著日式風情，安安穩穩坐落中華路上的戲院，在略略昏暗的空間裡，僅僅平面一樓木椅設備的觀眾席依然清晰可見，許多年來並沒有從我的生命退場。小學時為了去觀賞電影，在中華路上昂首闊步的過程依然鮮明，甚至還能微微感受那時的雀躍心情呢！

小學生心思靈巧，戲院裡的一切是那麼的引人注目，偶爾引頸眺望舞臺邊上的廁所，揣測著那些蹦蹦跳跳上廁所同學的念頭，到底幾人是真有尿意？還是純粹只是去廁所逛逛看看玩玩？

銀幕上演著的戲，還是抓著重點沒落掉該看的情節，可有時又會將目光移向他處尋尋覓覓，卻也不固定是在找尋哪個特定目標，純然只是好奇。大

多時候會對自最後一排座椅上方一個小孔投射出的幾束白光大感興趣，頻頻扭頭回望。

那時從來不會想到，有一天我會長大會離開臺中。

從來都堅信我所知道的一切都不會更動，當然也就相信安由會恆常矗立在中華路上。

但世界變動得太快速，超乎想像，才一轉身，所有舊時景象全崩解了。

時至今日，還是無法融入超音速的都市更新，那令我來不及細想。才一回眸，老戲院只能是舊時光的點綴，只能空留一塊地皮，那些具有三四五〇年代色彩的戲院主建物，早已拆解分崩離析。

所有的考量是從擁有產權者的角度，而那思考的方向往往是如何取得最大利益，至於歷史至於文化，不能當飯食，那只是虛。

原來最真實之物，一線之隔，成了部分人士眼中虛幻之事。

然後向虛胖的現實稱臣了。

安由戲院到底是拆了。

那地後來成了賣場，再後來是如何轉變，重要嗎？

以後或許再無人知道那地界上的空間，曾上演過各類電影與戲曲。

家裡人誰去過？

我猜想，安由即便日治時期已存在，也可能是終戰前一年或終戰那年，那些年小ようこ已然因生活壓迫而提早成熟，沉重的家計與她阿嬤的嚴格要求，致使她回不去她多桑還在世的幸福光景。

戲院追劇，是風花雪月，不切實際。

柴米油鹽，為填飽肚皮，食指浩繁。

父親呢？青春少年時，他如何度過？

若他到小西湖咖啡館（位在現今中華路與成功路口，民國四十八年八七水災時沖毀），或許也曾多走幾步路到安由戲院看戲去。

實際如何，得問天上的父親。

但那些年，他青春洋溢，才情兼備，看戲是休閒是娛樂也是情趣。我沒理由否定父親曾歡喜去安由看戲。

倒是姊姊和弟弟，可曾去過安由？

但我相信，自民族路老宅搬至崁仔頂，三姊也已轉學至中華國小，她應該也有過我後來每學期安由戲院觀賞電影的活動課。弟弟與我一樣，義務教育前六年都在中華國小度過，又怎會少了校外戲院賞劇活動？

只是，太久遠的記憶，姊弟眾人紛紛忘記，也就沒人說得出看過哪齣戲。

五洲園布袋戲進駐

布袋戲一度在島內風行，中華路一段好幾家戲院都演出過布袋戲，其中五洲園掌中劇團曾在安由戲院演出達兩年之久。

歌仔戲、電影都輪過之後，帶著地方色彩的掌中戲也該給予展演場地，這算是風水輪流轉嗎？

「五洲園掌中劇團」是黃海岱長公子黃俊卿所領軍的。

其實劇團是國寶木偶大師黃海岱於日據時期便創立，團名最初便定為五洲園，寓意「名揚五洲」，後來果然也如了國寶大師之願。

新創時期，五洲園的登記地址就在中華路一段之上，而後南征北討在各地鄉鎮演出著名的包公案、施公案等，同時以民眾熟悉的章回小說推出「劍俠戲」，因劇情節奏明快而轟動整個南臺灣，取代了南北管布袋戲。之後更將清代章回小說《野叟曝言》改編為《忠孝節義傳》，並成功創造了「史艷文」這號臺灣民眾耳熟能詳的布袋戲人物。

五洲園創立始祖黃海岱桃李滿天下，當年黃老前輩還有個「戲狀元」稱號，執掌多年後，傳承由其長子黃俊卿領軍出演。

五洲園既然設立地址在中華路一段，全省各地巡迴演出之後當然是回到所來處。之後進入安由戲院長駐了兩年。

一家戲院演出布袋戲能夠長達兩年，若不是觀眾夠多，怎敷成本？當然更是因為五洲園的布袋戲演得好，才能持續兩年不間斷地演出。

正所謂魚幫水、水幫魚。五洲園在中華路，安由戲院也在中華路，中華路上的戲，自有一套劇本。

老闆外公明星外孫女

人生事有時足堪玩味，安由戲院鄭姓創辦人可能從沒想過，他一生心血所在的戲院，盡是播放由不同演員擔綱演出的電影，並非他或他的家人、以及他的後代子孫。創辦人可能也沒料到，某年他匆促遠走日本便沒再回來續掌戲院，以他為中心的戲院經營隨即也嘎然就止。

之後的大戲如何繼續演繹？

我想，讓天上的鄭爺爺更更意外的，將是許多年後的民國九十一年（西元二〇〇二），他的外孫女開始在演藝圈嶄露頭角，此後一路活躍，兩岸三地，電影、連續劇作品不斷推出。

《痞子英雄》、《武媚娘傳奇》、《大軍師聯盟：司馬懿》等多齣連續

劇膾炙人口，而在這些戲劇中擔綱演出的女明星張鈞甯，真真實實是安由戲院最初創辦人的外孫女。

人與事、事與物總有纏繞再纏繞的關係，如何釐得清、如何說得清？

這莫不是冥冥中自有一種牽引？

牽引著外公與外孫女在各自衷情的戲劇藝術區塊裡，一展最想發揮的部分。

這樣的輪轉牽繫，好美！

五洲，流長五大洲

特別的特色

五洲戲院有一個其他戲院所無的特色。

絕無僅有，奇怪，但也很有趣。

通常一家戲院就一間福利社，提供來戲院觀賞戲劇的觀眾飲料零食等服務。五洲戲院在福利社的經營上仍是這等服務，但經營手法大異其趣，通過剪票口一進戲院，左右兩側各是一家福利社，而這兩家福利社販賣的物品也大致相同。可能戲院經營者林媽媽曾與福利社承包商約法三章，也可能這兩

家福利社都本著和氣生財精神，在觀眾入場但尚未進到觀賞區之前，兩方都不會出聲招攬客源，純然是默不作聲的向魚貫入場的觀眾招手拉人。其實這也是另類行銷妙招，有些初次到五洲看電影的觀眾不明所以，見有人招手或許好奇或許莫名便走了過去，直站到櫃檯前才恍然大悟，原來是招攬觀眾來購買飲料和點心。

這大約也是二十世紀零售奇招，大多數觀眾被莫名招呼過去後，礙於面子可能還是會掏錢買個什麼吧！

熟悉歐巴桑甚於戲院

五洲戲院到底成立於哪一年，於我印象全無。只知民國四十幾年，直覺告訴我，應是前段那幾年吧！五洲戲院剛開幕時期是和自由路上的東海戲院同屬大型戲院，很特別的是五洲戲院負責人登記的是林李鶴如（詳見西元一九六五年臺中市商會出版的《臺中工商大觀》中的〈臺中市電影戲劇同業公會會員名錄〉），也是我所熟知的林媽媽「五洲歐巴桑」。

我知道「五洲歐巴桑」（這是我們在家中談起林媽媽時的稱呼）比「五洲戲院」早，或者該說小學國中階段的我個人智慧未開，沒將兩者連結一

起，即使多次經過五洲戲院，都沒想過原來「五洲歐巴桑」就是五洲戲院的老闆娘。

記得是升上國三那年的春節，同班幾位同學相邀看電影，因為是年節，母親也沒阻攔，我和幾個女同學就一起去了中華路，記憶中是去五洲戲院看電影，看了什麼片，如今已全無印象。倒是回家後母親與姊姊問起，我愉快的回答去五洲看電影了，母親才說若要去五洲看電影，她是有招待券的。

彼時，我純然只以為是母親神通廣大，合會公司工作多年，識得的人多得難以計數，服務的客戶遍及臺中市每一個行政區，她總有門路的。

我絲毫不知，母親與「五洲歐巴桑」是手帕交是閨蜜，她們還是幸公學校前後屆的學姊學妹，始自總角的情誼豈是我能想像的？走過昭和時代，又經歷戰後混亂時期，尤其母親在外公撒手人寰後，年方十五撐起一家經濟的壓力與苦難，恐怕也唯有在夫家家族裡得獨力面對所有難題的林媽媽才能理解，也因此母親與「五洲歐巴桑」的情誼隨時日而累增。

而我是直到高中時才突然回過神，將歐巴桑與五洲戲院全部串聯起來，也才知悉彼時歐巴桑的丈夫，我從來沒見過的歐吉桑，和歐巴桑一兒一女中的兒子已經落腳南美洲多年。丈夫兒子都遠在地球另一端，歐巴桑心理的孤寂可想而知，這也難怪母親會經常前去林媽媽家，歐巴桑總得有個知心貼心

又交心的傾聽者吧！

一座日式大屋宅

國三那年春節之後，好長一段日子再沒去五洲戲院看電影。傻呼呼的還是不知道歐巴桑是五洲戲院負責人。

可我倒經常和母親一起去民權路近中港路（今臺灣大道）巷道裡那棟寬敞日式屋宅，歐巴桑的家。

那宅子庭院很大、主屋也不小。

庭院裡有花有樹還有座水池，歐巴桑的哥哥也同在那宅子照看前後，我和母親去時若見著一定喊了阿舅，想來是小時候前去歐巴桑的家，母親要求得喊阿舅吧！

我最喜歡玄關，每每坐在玄關脫鞋穿鞋，就覺得歲月靜好，停在那當下最美，無憂無愁。玄關右側拾一階而上便是廚房，與廚房相連的是用餐的空間，阿舅擅長料理，許多好吃的菜餚都出自他的手，比如阿舅自創的桂花蛋蟳肉絲，那是一道食材簡單方便操作的料理。阿舅先爆香蒜末，然後蟳肉絲下鍋快速翻炒，再下事先打好的蛋液，以鍋鏟邊炒邊壓邊推，將蛋液推成小小細細桂花一般，接著灑下少許鹽巴便能起鍋，阿舅自創家常小菜，吃得滿

心喜悅，彷彿心田裡開滿了桂花。

除卻廚房飯廳，我最多只在歐巴桑家寬敞的日式客廳待著，父母親教下的份際我守著，即使母親與歐巴桑熟若家人，一樣等閒不能隨意亂鑽亂闖。

母親則被歐巴桑請入另一室內，我則客廳等著她二人體己私房話說完，那些時都只顧恍神，從不曾仔細數過那間客廳大小有幾席榻榻米。

也不曉得歐巴桑從什麼時候「看上」我，猶記高三快畢業時，有一天母親跟我說，歐巴桑說買張機票讓我飛去阿根廷，到那邊適應後再讀當地的大學，我雖不聰明但對某些事又忒敏感，我怎會不知母親沒轉述的意思。

這話聽起來就怪，一個不曾見過面，長我好幾歲的男生，在遙遠的西半球赤道以南一個說西班牙語的國度。若我真傻呼呼應了這事，千里迢迢飛去舉目無親言語不通的國家，真是相看兩不願時不就叫天天不應叫地地不靈了？

母親到底是和歐巴桑情同姊妹，所以歐巴桑視我為一家人，要我飛向遠方？而母親因為與歐巴桑數十年情誼，知根知底，所以當歐巴桑提議時沒立即婉拒，也願意讓我滑過天際落入毫無概念的地區？

歐巴桑與母親聯手編了這樣一個荒謬劇本，主角內定了我。

任何人一看都知這劇本有瑕疵，戲不能是這麼演的，歐巴桑鐵定沒在她自家的五洲戲院裡看過電影。

我到底還是頭腦清楚的，不需多想，直接回應母親，請她婉拒此事。

我不能將未來的人生，賭在一張長程機票上。

幸好母親是明理的，是尊重我的，她沒遊說我，更沒強迫我。

想來母親必然也明白，縱然人生如戲，可也沒必要匆促上戲。

金玉良緣紅樓夢

我依然會和母親去歐巴桑的大宅院，依然看花看樹看魚池。

歐巴桑也是通情達理之人，並沒有因為我這小輩的拂逆而惱怒於我。

日子尋常過著，那之後誰也沒再提起那沒演成的戲。

之後，我若去到歐巴桑家，仍是備受尊重與招待，歐巴桑與我之間無嫌隙，儘管曾經撩撥過一陣風，倒也沒吹皺一池春水。

後來我當然明白了，五洲戲院和五洲歐巴桑之間密不可分的關係。

然後，自己想著便覺好笑，我腦門也開竅得太慢了吧！

再後來，母親時不時會給我招待券，我去五洲戲院看電影的次數漸漸多了，但這都已是大學唱著青春戀曲之後的事了。

青春期過後，我忒內向，就連看著我長大的大姊同學都說快不認識我了，從前明明經常在屋外戲耍曬得一身古銅色，怎地忽然就大門不邁，反在

屋裡燜出死白？

真問我，我也不明白，更說不上來。

也就是那一轉變，竟就無膽了起來。

我是不敢自己一人去戲院看電影，其實那之前又哪裡有過自己看電影的經驗？

母親給我招待券，我多次進五洲戲院看電影，都在戀愛時節，身邊都有個護花使者。

那年代，談戀愛不就看電影、逛公園、喝咖啡嗎？

我那時是咖啡沒少喝，公園沒少逛，電影當然也沒少看。

在五洲戲院裡看過的電影，記憶最深的是林青霞反串賈寶玉，張艾嘉主演林黛玉，兩人合作演出的《金玉良緣紅樓夢》，時至今日整部電影情節可能記得零零落落，但其中一段插曲卻牢記到如今。

「眼空蓄淚淚空垂，暗灑閒拋更向誰，尺幅鮫綃勞惠贈，為君哪得不傷悲？」

臺灣長者總說「搬戲空、看戲憨」，說到底便是要觀眾別入戲太深哪！

好在我本就是戲外之人，插曲雖記到今時，電影本身卻沒記下多少，也因此沒影響多少心思，數年之後與男友結縭，相伴到今日，成就的是金玉良緣，但就捨下了紅樓夢。

願只願，現實人生別蓄淚別傷悲，也別是夢一場。

文樂，看戲樂不樂？

與ようこ絕了緣

位在臺中市中區中華路一段一二六號的文樂戲院，大約在民國四十一或四十二年開幕營運，那時ようこ已然不是小ようこ了。

如果戲院早個十年，在昭和年代就開幕，以小ようこ多桑疼愛她的程度，且戲院所在距離他們住家的川端町也不遠，一定是如同去樂舞臺那般的經常迎著晚風雀躍著去文樂看戲。但這般日常生活卻也因無常，而無法盡如人意，ようこ終究是沒能有機會走進文樂戲院看戲看電影。

文樂戲院到底是和母親絕了緣，不只那些年，而是一生。

倘使外公不是英年早逝，母親往後的人生或許路數將有不同。

但萬般皆是命，半點不由人。

何以我能果敢斷定母親終生未曾踏進文樂戲院？

外公因風寒而致腦膜炎不數日即離世是在民國三十二年（西元一九四三），此後年方十五歲的母親，需要面對的是充滿挑戰的未知之路，那之後更因日本挑起太平洋戰爭，臺灣因此也陷入危險。即使文樂在這時便已矗立臺中市區，母親也已澈底失去童年戲院追劇的興味與優閒。

雖則日本戰敗，但臺灣光復後卻也經歷了幾年混亂的休養生息，民眾付出了極大的代價。在於母親，職場單位異動，與父親相識相戀進而共組家庭，可小家庭裡擠進一位阿嬤，母親的阿嬤，扞格可以想見。

文樂戲院開始營業後的幾年，母親念茲在茲的本份，在面對她阿嬤百般苛刻時的不敢違逆；在面對父親工作異動的職場輾轉；在面對三張嗷嗷待哺黃兒小口（後來又添了兩兒）的堅毅承擔，在在勞心勞力費神費時，又如何能有閒情逸致？縱然她兒時有再多關於看戲的美好感受，也只能一點一點的鎖進心底一處小小空間。

一期一會，一會一樂或一會一哀，都是因緣際會。

在文樂，樂不樂？

無論同在一個屋頂下的阿祖、父親與母親情感如何糾葛，都必有他們的

前世因緣，否則如何會今生尋來？

父親之於母親懺愧深深，我知悉。

父親臥倒病榻六個月，我或者攜著彼時一歲多的兒子返回臺中，或是將兒子託給小姑照顧後自行返回外家，每回都停留一個星期左右，畢竟我仍有自組的家庭須照料。

便是在那偶爾插花侍疾時候，有一日父親對我說，他這一生虧欠母親甚多，我明白父親是說讓母親擔了太多生活重擔。人說「鳥之將死其鳴也哀，人之將死其言也善。」可我不將父親之言作如此連結，雖我也清楚父親已行至人生最後一哩，所剩時日不多，但以我從小到那年正而立，三十年來對父親的認識與理解，父親之於母親因為生活環境的種種磨難，致使純真情感蒙上一層灰濛濛霧氣。

母親初初進入臺中區合會，金融業每個月底都要對帳，民國五十幾年還無電腦，就連計算機也尚未問世，所有帳目全賴人力操作算盤計算。月底抓帳（金融術語）日，一定得抓到分毫不差，母親往往就得工作到三更半夜才能返家，父親便會夜裡出門去母親公司外等候，然後接母親回家，若無深情怎有這般？

可日常生活因各種因素而千瘡百孔，又是不爭的事實。母親寄情於工

作，父親呢？

雖不曾在父親生前聽他說過進出文樂戲院的事，但以父親熱愛戲劇的作風判斷，文樂戲院與民族路住家相去不遠，父親不致會捨棄不去文樂看電影吧！

我如此想像走進文樂戲院觀賞電影的父親，只因生活太苦悶、現實太磨人，即便陸續誕下的三個女兒都乖巧懂事，妻子也極盡所能地協助家計，但慣於掌控一切的老者總咄咄逼人，逼得他無處可逃。

似乎只有躲進戲院，跟電影主角奔走他鄉，待在戲院一個多小時甚至兩個小時的時間，或許經歷了一生，也可能歷練了一場爭鬥，又或者嘻笑怒罵了一段。

總之，或可憐或可悲或可嘆或可笑的劇情，盡是不相干的人事物，而父親得了一個獨處的空間，沒有阿祖酸言酸語的叨叨碎念，只有愜意。

悠閒自適的戲院裡看電影，沒有理由不快樂。

也許是趣味的巧合

我從小學中年級開始接觸課外讀物，就覺得父親生錯了時代，他應該是古時候的書生。

父親喜歡的事物是阿祖口中「袂當食飯」之物，這讓我在後來讀到清朝張燦所寫的〈手書單幅〉打油詩時感觸極深。

「琴棋書畫詩酒花，當年件件不離它；而今七事都變更，柴米油鹽醬醋茶。」可人世一遭，到底還是無法脫離柴米油鹽醬醋茶，阿祖畢竟是苦過，所以現實了些。

我相信父親一定去過文樂戲院，這個揣想乃因另外一個趣味的巧合，以父親幽默的性格來看，他必然不會放任這小小趣味而不走入文樂戲院。

戰後的中華路在日治時期名為若松町，恰巧與父親的名字相同了一個字，這應會在父親心中產生一份親切感。我腦海於是有個畫面，昭和年間父親慣常漫步若松町，而後到小西湖咖啡館坐坐，民國之後走一趟中華路，在小西湖還未經歷八七水災摧毀之前，朗朗假日父親則先去過小西湖，再去不遠處的文樂戲院看場電影。

畫面多美，影像多真實。

即使父親從未親口說過，即使如今距我而立後父親離世又過數十年，但現在的我，仍然這樣相信，深至骨髓的相信。

遙望成記憶

小學四年級那年，搬家到西區農業改良場邊陲，只要是上學日，一定得將整條中華路來回走過，文樂戲院就是如此也在我早晨與黃昏的關注下屹立不移。早晨我從中華路二段向著一段走，文樂戲院與我前行方向同在一側，我因此會從文樂戲院廊下走過，六點多城市都還睡眼惺忪，戲院當然也還沒開門營業，我至多只能看看戲院布告欄上的本事與劇照，因為趕路上學，為免遲到受罰不敢多作逗留，凡布告欄裡的種種，瞟過瞄過就是沒深印過。

下午放學回家的方向與早晨相反，文樂戲院便在我行進方向的對側與我遙遙相望，這時候我倒是能夠看見戲院外大大的看板，以及看板四周閃爍的霓虹燈閃得耀目，這時段戲院已開演，來來去去或是逛中華路夜市的路人或是戲院看戲的觀眾，總之人潮不斷，那又是另一種城市熱鬧風景了。

這樣想著，突然跳出一個想法，或許小學時代電影欣賞活動課，也曾在文樂戲院觀賞過。

不過到底時間久遠了些，沒有哪部電影深刻到如在安由戲院觀賞的《秋霜寸草心》那樣，刻在心版。

若有，說什麼也不會忘記文樂戲院的看電影經驗。

可到底還是沒刻下什麼。

關於小學時代，關於文樂戲院。

才四分之一世紀

文樂戲院經營的時間並不長，在民國六十七年（西元一九七八）因蔡姓業者車禍往生，戲院便也結束營業，僅僅四分之一世紀，實在短了一些。

臺灣島內的經濟在當時正在起飛，許多新型戲院雨後春筍般出現臺中街頭，文樂戲院沒再繼續在娛樂項目上與其他戲院競逐，退出後整個翻轉了原來生命，後來該地段成了新光銀行。

現在呢？

每日每日，中華路上仍然人來人往，但新世代年輕人若走過此處，決計嗅不出一絲一毫戲院的氣味。

這個，幸或不幸？

東平，看戲治病

最早的診所不在戲院

之前，我與許多臺中人一樣，只知道東平戲院，不知有東平診所。後來因為母親述說，我方知東平診所早在昭和年間便存在了。

很多臺中人都以為，東平診所是東平戲院結束營業後才原地開設的，事實不然，日治時期已有東平診所，只是非在今日位址。

因為母親，我所知道的東平診所，不只是東平戲院之後以部分建築作為看診醫病的診所，而是更早期的昭和年間，若松町某個建物吧。

今日掌理東平診所的蕭瑞和醫師尊翁蕭冬平醫師，明治三十九年（西元一九〇六）出生，昭和年間自臺北醫專（現今臺灣大學醫學院）畢業後隨即返回臺中，曾在臺中醫院研習行醫。

之後才自行開業懸壺濟世，當時的診所非今日中區中正路（臺灣大道）三一一號的東平診所現址，而是在對街。

蕭冬平醫師後來攢存了一筆錢，買下日治時期該處人力輕便車車站，將之興建成昭和主義建築，興建之初擬作為看診醫療院所，但完成後因緣際會

改成經營戲院，這之間的轉折不可謂不大啊！

母親晚年回憶她兒時與少女時期，總會一再談及疼愛她的外公，由此外公與母親的生活點滴，我比其他手足更熟悉。母親曾經說過昭和十八年（西元一九四三）春天外公受了點風寒，最初便是到東平診所就醫，由此合理的推論是，母親她一家人若有患病，大約都是去東平診所讓蕭冬平醫師診治。

彼時雖有東平診所，但並非目前這座曾兩度被列入「臺中市古蹟與歷史建築清單」的東平戲院。這座建築物興建時期臺灣已不在日本統治下，而是國民政府接收後的中華民國時期，而且還是在外公往生後十三年才建造完成。

蕭醫師的東平戲院

四、五年級生少有沒去東平戲院看過電影的，時至今日，到底年代已久遠，要能記住戲院種種設備，或過去欣賞過的電影情節，大約也是有相當難度的。

東平戲院地理位置極是特別，既有中華路的門牌也有中正路的門牌，那是得了三角窗的地利之便。

現今許多關切日治時期臺中市建築的文化人士，總津津樂道這座位於中

正路與中華路三角窗的三層洋樓建築——東平戲院。

事實上這棟建築物原是蕭冬平醫師欲作為醫院使用而興建的，於民國四十五年（西元一九五六）落成。

頗有東洋風情的建物落成後，正逢上電影娛樂風行的年代，且是臺語片盛行的景況，蕭家於是改弦易張將之做為戲院來經營，經常性放映臺語影片。

今日的東平診所與隔鄰三角窗的通訊行，便是昔日整座東平戲院的所在地，也是臺中市區內保存最完整的日本昭和主義建築。

何謂昭和主義？

太平洋戰爭時期，仍是昭和年間，日籍建築師受到西方現代主義建築美學的影響，逐漸捨棄巴洛克繁複的花飾設計，改為注重水平線條與幾何圖案的設計，以平實簡潔為訴求。此風潮日人稱作昭和主義，臺灣則稱為現代主義。這種風格的建築設計在昭和年間開始盛行，之後持續流行到二戰後的一九七〇年代。

出生日治時期的蕭冬平醫師想必便是鍾情昭和風格的人士。

蕭醫師的東平診所

其實蕭冬平醫師名諱中的一字是冬日的「冬」，最初蕭醫師自臺北畢業

返臺中，在非現址之處開業時因考慮到「冬」字怕有營運冷清之嫌，故而以同音「東」字取代，此後一直沿用，無論是後來西元一九五六年東平診所現址先用作戲院營運，或是更後來因戲院賣座冷清而停業，再於民國七十二年（西元一九八三）改作診所經營，在名稱上則始終使用最初定案的「東平」二字了。

想來，這也是一種堅持的精神，不輕易變更。

細心的臺中市民會發現，民國七十二年剛改為醫療院所經營時，是將整個戲院的空間都規劃為醫療設施，而非今日規模，並且當時還是蕭冬平醫師親自主持醫務。

時至今日，東平診所由蕭冬平醫師公子蕭瑞和醫師克紹箕裘，繼續在原東平戲院的靠中正路這頭的中正路三一一號經營診所，至於門牌屬於中華路一段一一〇號的建物，則轉租各種行業經營者，曾經有臺灣密集度相當高的便利商店，而現在是新時代熱門的通訊行。

診所與戲院的配置，說到底兼顧了身心。

人吃五穀雜糧長大，沒有不生病的，生了病理所當然看醫生，為此，診所醫院的設置非常必要。

而人的心理容易鬱積苦悶，若沒個出口消散，長期累積恐抑鬱寡歡，若

能有個休閒場所如戲院者，偶爾看場電影，一則消磨時間，一則藉觀賞電影暫時忘記煩惱，便是一種釋放壓力的方式。

心靈的病痛往往不易顯現。

想來，當年蕭冬平醫師當機立斷先將新建築用在戲院經營，也是照顧了臺中市民的心靈。

蕭家幾代醫生數人，戲院與診所，多少臺中市民心安住了，身緩解了。

功德無量啊！

走過經過看過

我問三姊，去東平戲院看過電影沒？

三姊先是回答曾經過東平，這話其實不需三姊回答，我也知曉。東平戲院在臺中熱鬧非凡的中華路夜市路段上，在逢甲夜市還未興起之前，無論國人或觀光客咸愛在蒞臨臺中時逛一逛中華路夜市。

我自己逛過嗎？

小學四年級，上下學期共三十六週上課週，每週六天（那時週六上半天課）往返各一趟，除了星期六是中午路過，其他週一到週五，放學回家時間正是夜市各攤販開始擺攤營業的時候，我可是一路走過看過，這算是逛了中

華路夜市嗎？

可知我那時心眼裡有個小小願望？

真想坐到中華路和公園路轉角的那「鹹糜」攤上，嚐它一碗熱騰騰香噴噴的鹹糜。

國高中不作興逛夜市，那時節忙讀書考高中考大學，逛夜市絕非生命重要之事，暫且放下。

數年後已在大學裡就讀，有個暑假，風城兩位男同學聯袂光臨臺中，指名要逛聞名遐邇的中華路夜市，我於是邀了同學權充地陪，從中正路向公園路那頭逛去，再從中華路回頭逛到中正路，那個晚上嚐過哪幾攤已然忘記，可路過東平戲院那個三角窗，和看戲人群擦肩而過的記憶卻是還有。

後來留在學校母系服務，曾在寒假裡陪著父親逛一趟中華路夜市，還記得在某個衣服攤上為父親買過一條西褲。二十歲以後搬家到向上北路，生性不活潑的我沒事不外出，要特意走一回中華夜市還挺不容易呢，也就這麼不曾讓自己圓滿小學四年級那個吃鹹糜的願。

或許看過國語片

三姊忽忽想起又說了，可能有去東平戲院看過電影，但已忘記看過的片

名，可最後她又強調了一句，是看國語片。

三姊這句加強說明是有意義的，並非無關緊要。

民國四十幾年的時代，島嶼氛圍圍繞在一般民眾所熟悉的臺語之上，當時的臺語電影一片榮景，許多戲院放映的都是臺語片。東平戲院開幕之初，搭上這一股蓬勃發展的臺語片浪潮，戲院放映的自然也就多數是臺語片了。

但民國五〇年代中期，當局視地方語言為影響國語推行的最大因素，於是加強對方言的控制。民國五十五年（西元一九六六）臺灣省政府擬定《加強推行國語計畫》實施辦法，其中第一條：「各級學校師生必須隨時隨地使用國語；學生違犯者依獎懲辦法處理。」民國六十一年（西元一九七二）起，政府更規定電視臺的臺語播放時間不能超過一小時。民國六十五年（西元一九七六）《廣播電視法》公布，第二十二條規定「電臺對國內廣播播音語言應以國語為主，方言應逐年減少；其所應占比率，由新聞局視實際需要定之。」

可想而知，一夕之間臺語片失去了舞臺，從此國語片抬頭，那個時間點三姊高中畢業即將過渡大學，她去戲院看電影，當然看的是國語片或外語片了。

東平戲院

二十七載的戲院歷史

東平戲院從民國四十五年（西元一九五六）落成啟用，至民國七十二年（西元一九八三）改作經營診所，前後二十七年，算來時間並不很長，和中華路一段一二六號有二十五年經營歷史的的文樂戲院，經歷大致相同，只是文樂戲院早了幾年上場，也早了幾年退場。

不過，東平戲院

因地處中華路與中正路相交的熱鬧路口，自然備受矚目。同時又因一條中華路自一段走來就有五洲、安由、文樂，越過中正路還有東平和中華（後改名新舞臺，現在的日日新），總共五家戲院，那特殊電影街的形象於是烙印民眾心裡。

可惜的是，無常總是藏身日常中，隨著社會進步，新型電影院的出現，東平戲院也難逃沒落命運，停業是最後不得不的選擇。

對於東平戲院這棟建築物而言，它是幸運的，幸運有個欣賞這棟建物，並有保留日本昭和文化心思的主人，才能一如往昔的屹立在中華路與臺灣大道路口，讓世人從建築物身上讀歷史。

歷史，不只是人物寫出，建築物亦能靜靜呈現。

日新，日日新

行將一甲子

中華路一段五十八號，和文樂戲院、安由戲院與五洲戲院之間隔著中正路（今臺灣大道），是中華路上稍微孤獨的戲院，可卻命脈忒長，自民國四

十七年（西元一九五八）成立，直至今日，仍然繼續營業。已逾一甲子了，真不簡單啊！

早期的戲院建築體，一來受限於建築年代久遠，二來過去對於公共安全的考量並未列入重要事項，在城市發展到一個地步後，各方面都無法符合公共安全需求，接下去的命運，勢必重整。

民國八十七年（西元一九九八）日新戲院斥資數億元全面改善內部設施，並重建增至十個樓層，成為臺中市最高樓層的電影院，之後戲院命名為日日新大戲院，果真名副其實了。

此後日新又新，日日新。

不為人知的名

若不說破，可能多數臺中市民都不知道，日日新大戲院在最早成立時有一個今人不知的名稱，而那名稱完全能呈現戲院所在地的風格。只是那個反應地域的戲院名稱存在並不久，只有大約兩年的時間。

有些人以為新舞臺是日日新大戲院第一代戲院名，事實不然，新舞臺成為戲院名的時間在民國四十九年（西元一九六〇），也因此多數臺中市民不知中華路上有過中華戲院。一般人都以為這家存在於中華路一段五十八號的

戲院，是從民國四十九年開始營業的新舞臺戲院。

這事非得深究，否則真會不知道這家戲院名稱改變的祕密。

事實上，民國四十七年（西元一九五八）戲院剛剛開幕時的名稱是「中華戲院」，想來是經營者為符合戲院所在之地，直接以路名為戲院名，這也無可厚非，響亮好記。

中華戲院開幕之初，經營方向是專門提供給掌中戲的劇團演出布袋戲。

由這個角度來看，戲院經營者是傾盡全力在支持本土藝術表演，情操可嘉。

搖身變為新舞臺

人與事，時時隨環境變化遷移。

變動中的城市，淡出東洋氣息之後，屬於在地民眾喜好的口味，逐漸被各種藝術傳播媒介看重，包含製作的電影公司與傳播的放映戲院。

民國四十九年（西元一九六〇）原中華戲院更名為「新舞臺戲院」，開始提供島內歌仔戲班演出歌仔戲，以及提供場地給電臺舉辦歌唱比賽。當這類節目觀賞人潮減少後，戲院為求生存，也開始放映二輪電影。

無論是中華戲院時代，或是進入新舞臺戲院的五〇年代，對於中華路一

段五十八號的戲院，我都一無所知。

畢竟當時年紀太小了，人間所有事完全不解，更遑論休閒娛樂事。

如今回溯過往，重整記憶深入理解後方知所有改變，也才驚覺原來新舞臺與樂舞臺相距不遠，距離我民族路老家才短短幾分鐘路程，我卻走了大半輩子回頭才發現！

今日初老的眼，正學著細細欣賞老臺中。

到底是不願愧對自己出生成長的城市，到底是想循著根脈走回理應熟悉的我的家鄉。

於是，我會想，中華戲院何以要改名為新舞臺戲院？

中華不好嗎？

是因為柳川西路三段九十九號的樂舞臺嗎？

或許兩者都是資方考量的因素。

不論是由樂舞臺走到新舞臺，或由新舞臺經民族路再到柳川西路的樂舞臺，都是幾百公尺間距，不出幾分鐘的路程，與許資方是想讓民眾容易將兩家戲院做連結吧！

想來，可能也因戲院曾經一度名為新舞臺，方能有著與樂舞臺一樣的長壽經營命運，而這戲院直到今日仍持續為臺中市民提供休閒娛樂服務，是經

營者有推陳出新的經營方針與謀略，對觀眾而言是福氣。

就不知道那些年，樂舞臺與新舞臺在營運上是較勁的多還是相容的多？

只是無情浪潮一來，無論是樂舞臺或是新舞臺，都難逃被大戲院排擠的命運，敵不過的便早早陣亡，樂舞臺便是如此徒留世人為之唏噓。

以為只到了日新

無論哪一個行業要想長遠立足於世，或想在既有規模裡再創新頁，那麼求新求變是不得不有的經營態度。

時序來到民國五十六年（西元一九六七），戲院高層為符合放映電影趨勢，戲院再次改名，更改成「日新戲院」，這之後的營運項目已非歌仔戲和電臺歌唱比賽，而是專門放映國片與西片，調整之後頗有轉機，戲院生意相當不錯。

可世上沒有永恆不變，後來逢上一廳改成多廳的精緻電影院型態，資方遂於民國七十八年（西元一九八九）大刀闊斧將原來建築改建為六層樓高的大樓，整棟都是戲院放映廳的建築，由原有的一個廳擴充到二樓四樓六樓都各有兩個廳。

早年臺中戲院興盛時，我方年幼，雖然有過一整學年的時間，每日都得中華路踏過一回。清晨那一趟沒什麼可看，整座城市將醒未醒，多數還在酣眠中。倒是下午回家那一趟路，整條中華路生氣勃勃人聲鼎沸，原本上了一整天課無精打采的心，在五光十色攤商吆喝下忍不住直要抖擻了起來。一路經過五洲、安由、文樂、東平和日新等五家戲院，光是看那些電影看板，就夠讓人遐想半天了。

那年我才九歲，九歲的我不會也不敢自己一個人去戲院，更何況那時節沒有分毫零用錢，這五家中華路上的戲院都與我絕緣。

我與日新戲院更是緣淺。

中華路上的五家戲院，為什麼就屬日新戲院印象最淺薄？

或許是日新在過了中正路的中華路路段，一路從中華路近五權路之處走來，中華夜市最熱鬧非凡的路段已然入目，走到近民族路口時，想著的是趕快走到民生路，我要快快回家吃晚飯了。

民以食為天，成長中的孩子耐不住飢餓，滿足口腹之慾遠比視覺享受重要多了。

顯然九歲的我，還未進化到提升需求。

那時，可能是想，日新戲院留待日後長大再說了。

四度易名，日日新

民國八十六年（西元一九九七）四月新聞局電影法規通過可建高樓，日新戲院經營者於是在民國八十七年（西元一九九八）七月再斥資數億重建至十個樓層，「日日新大戲院」以設計電影院為主題來建造整棟大樓，大樓內設計成十個廳院，每個放映廳的樓面都挑高六米以上，挑高寬敞無障礙，觀眾席皆設計成階梯式，每個廳內週邊都有環繞通道直通三座大型逃生梯，完全符合現代建築及消防法規，讓每位蒞臨戲院看電影的觀眾坐得舒適看得安心。

舒心，才是休閒娛樂的第一要務。

當時的日日新大戲院，除了締造了全臺第一棟整棟樓都是電影院的建築，還改寫了過去戲院畫位的作業方式，那便是全臺第一家採電腦畫位的創舉，兩項創新之作造成全臺大轟動，據說還引來全臺各地的戲院業者蒞臨臺中日日新戲院觀摩取經。

日日新戲院重新開幕後放映的《第六感生死戀》至為轟動，連續上映了兩個月以上。

那時，我在島嶼南方工業大城觀賞《第六感生死戀》，為劇情感動時尚

┃ 日新大戲院

未想起日日新戲院。

何以我與日日新戲院緣淺至此？

真是莫名。

日日新大戲院是彼時全臺灣唯一領取合法建築執照的超高電影大樓。戲院位址在臺中十二米寬的中華路與民族路相交路口，交通十分便利。日日新戲院同時擁有千坪地下停車場，及容納三十人的快速電梯兩部，並自備了大型發電機可於停電時自給充沛電力。

這樣的日日新戲院合該尋個時間去體驗。感受一次電梯的快速度；觀賞一場好看的電影；散場後再逛一趟中華夜市。

總之，就是該來個緣起。

享受舒心就好。

叨絮兩川

綠川，柳川。
我在兩川之間行走。
多少年了，離開了，再回來。
我還戀著柳川，想著綠川。

兩川之間，幅員多大？
生命從最初到現在，經歷了幾場戲？

演戲？看戲？
無論如何都得有場地。
還在嗎？
還是已成廢墟？

不是明治、昭和的關係，也與民國無關。
一九〇二、明治三十五年；一九二一、大正十年；一九四五、昭和二十

年；一九五三、民國四十二年，西元的年份數字越來越多，可戲院的遺跡越來越少。

填平了，成了停車場，二十一世紀停車是個大問題，向前看，停車費的營收不容小覷。重整了，改裝成出租公寓，陰暗潮濕是難逃的命運。改建了，也許是衣服賣場，也許是百貨公司，也許是商業大樓，也許是銀行，在商言商，生機無限，前途無量。

走在臺中街頭，滿眼是人，卻不是那些年與我擦身而過的那些人。那些人或許老了吧，或許也到我這般年紀，他們是否與我一樣，懷想著曾經熟悉到不能再熟悉的戲院？

我還說得出來臺中座、娛樂座，大正館、公會堂、樂舞臺與天外天，只如今天外天廢墟般偶爾被提起，其他呢？都消失了。

是時代久遠的就該先退場？

可年代不長的也歇息了，為什麼？

我不能唱《為什麼》（作詞、作曲：郭金發）。

「為什麼為什麼放我做你去……」

要唱，也是那些幽怨的老戲院，被人遺忘靜靜立在這座城市不顯眼的一隅。

爸爸離開好多好多年，我開始修補記憶，拼貼了更多和戲劇有關的生活，不只是兒時，不只是拔牙，不只是中東戲院的《盲劍客》。

然後，媽媽也走了，電影股、臺中州映畫協會的經歷與媽媽一起升了天，可記憶我留下。

中華路的夜市還在，安由戲院、文樂戲院、五洲戲院都已消失無影，誰會如我猶記住《秋霜寸草心》和戲裡的李潤福？

小竊喜的是豐中戲院、中森戲院和森玉戲院建築體都還在，雖然閒置了，能否不讓它們成了電影文明的廢墟？

我不知道。

我只知道，花甲老嫗愛哼唱「春去秋來，歲月如流，遊子傷漂泊。回憶兒時，家居嬉戲，光景宛如昨。茅屋三椽，老梅一樹，樹底迷藏捉。高枝啼鳥，小川游魚，曾把閒情託。兒時歡樂，斯樂不可作；兒時歡樂，斯樂不可

作。」（《憶兒時》作詞：李叔同／作曲：海斯W.S.Hays）

轉身多少年便過去，父親母親也曲終人散了。

我的戲還演著呢！

釀文學242　PG2397

思慕的戲院
——走讀兩川映畫之景

作　　者　妍音、跳舞鯨魚
責任編輯　林昕平
圖文排版　周怡辰
封面設計　劉肇昇

出版策劃　釀出版
製作發行　秀威資訊科技股份有限公司
114 台北市內湖區瑞光路76巷65號1樓
電話：+886-2-2796-3638　傳真：+886-2-2796-1377
服務信箱：service@showwe.com.tw
http://www.showwe.com.tw
郵政劃撥　19563868　戶名：秀威資訊科技股份有限公司
展售門市　國家書店【松江門市】
104 台北市中山區松江路209號1樓
電話：+886-2-2518-0207　傳真：+886-2-2518-0778
網路訂購　秀威網路書店：https://store.showwe.tw
國家網路書店：https://www.govbooks.com.tw
法律顧問　毛國樑　律師
總 經 銷　聯合發行股份有限公司
231新北市新店區寶橋路235巷6弄6號4F
電話：+886-2-2917-8022　傳真：+886-2-2915-6275

出版日期　2020年6月　BOD一版
定　　價　420元